U0041014

聊齋誌異・瓜棚下的怪譚

周學武・編撰

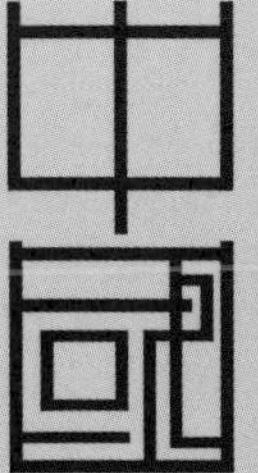

寶庫

8

出版的話

時報文化出版的《中國歷代經典寶庫》已經陪大家走過三十多個年頭。無論是早期的紅底燙金精裝「典藏版」，還是50開大的「袖珍版」口袋書，或是25開的平裝「普及版」，都深得各層級讀者的喜愛，多年來不斷再版、複印、流傳。寶庫裡的典籍，也在時代的巨變洪流之中，擎著明燈，屹立不搖，引領莘莘學子走進經典殿堂。

這套經典寶庫能夠誕生，必須感謝許多幕後英雄。尤其是推手之一的高信疆先生，他秉持為中華文化傳承，為古代經典賦予新時代精神的使命，邀請五、六十位專家學者共同完成這套鉅作。二〇〇九年，高先生不幸辭世，今日重讀他的論述，仍讓人深深感受到他對中華文化的熱愛，以及他殷殷切切，不殫編務繁瑣而規劃的宏偉藍圖。他特別強調：

中國文化的基調，是傾向於人間的；是關心人生，參與人生，反映人生的。我們

的聖賢才智，歷代著述，大多圍繞著一個主題：治亂興廢與世道人心。無論是春秋戰國的諸子哲學，漢魏各家的傳經事業，韓柳歐蘇的道德文章，程朱陸王的心性義理；無論是貴族屈原的憂患獨歎，樵夫惠能的頓悟眾生；無論是先民傳唱的詩歌、戲曲，村里講談的平話、小說……等等種種，隨時都洋溢著那樣強烈的平民性格、鄉土芬芳，以及它那無所不備的人倫大愛；一種對平凡事物的尊敬，對社會家國的情懷，對蒼生萬有的期待，激盪交融，相互輝耀，繽紛燦爛的造成了中國。平易近人、博大久遠的中國。

可是，生為這一個文化傳承者的現代中國人，對於這樣一個親民愛人、胸懷天下的文明，這樣一個塑造了我們、呵護了我們幾千年的文化母體，可有多少認識？多少理解？又有多少接觸的機會，把握的可能呢？

參與這套書的編撰者多達五、六十位專家學者，大家當年都是滿懷理想與抱負的有志之士，他們努力將經典活潑化、趣味化、生活化、平民化，為的就是讓更多的青年能夠了解繽紛燦爛的中國文化。過去三十多年的歲月裡，大多數的參與者都還在文化界或學術領域發光發熱，許多學者更是當今獨當一面的俊彥。

三十年後，《中國歷代經典寶庫》也進入數位化的時代。我們重新掃描原著，針對時

代需求與讀者喜好進行大幅度修訂與編排。在張水金先生的協助之下，我們就原來的六十多冊書種，精挑出最具代表性的四十種，並增編《大學中庸》和《易經》，使寶庫的體系更加完整。這四十二種經典涵蓋經史子集，並以文學與經史兩大類別和朝代為經緯編綴而成，進一步貫穿我國歷史文化發展的脈絡。在出版順序上，首先推出文學類的典籍，依序有詩詞、奇幻、小說、傳奇、戲曲等。這類文學作品相對簡單，有趣易讀，適合做為一般讀者（特別是青少年）的入門書；接著推出四書五經、諸子百家、史書、佛學等等，引導讀者進入經典殿堂。

在體例上也力求統整，尤其針對詩詞類做全新的整編。古詩詞裡有許多古代用語，需用現代語言翻譯，我們特別將原詩詞和語譯排列成上下欄，便於迅速掌握全詩的意旨；並在生難字詞旁邊加上國語注音，讓讀者在朗讀中體會古詩詞之美。目前全世界風行華語學習，為了讓經典寶庫躍上國際舞台，我們更在國語注音下面加入漢語拼音，希望有華語處，就有經典寶庫的蹤影。

《中國歷代經典寶庫》從一個構想開始，已然開花、結果。在傳承的同時，我們也順應時代潮流做了修訂與創新，讓現代與傳統永遠相互輝映。

時報出版編輯部

【導讀】

鬼狐神怪的奇幻世界

周學武

《聊齋誌異》的作者蒲松齡先生（一六四〇—一七一五），是一位偉大的文學家，同時也是一位關心社會的學者。他的著作除了小說、俗曲、鼓詞和一些詩文之外，還有農桑經、省身語錄、懷刑錄、曆字文、日用俗字……等，可惜有些東西已經失傳了。不過，真正使他在知識界享有盛名的，還是他的兩部小說——《醒世姻緣》和《聊齋誌異》。前者是一部長篇的白話小說，在文字的運用、人物的描繪、情節的安排、心理的刻劃諸方面，都有卓越的成就。後者則是純粹用文言文寫的，總共集合了四百三十一個短篇小說、寓言、故事和異聞。它在藝術上的成就，一如《醒世姻緣》；關於這一方面，有待各位去欣賞、體認，我想不必進一步的敘說。這部書既然名叫「誌異」，它裡面所記載的，自然是

不同尋常的事物。所以書中有關鬼狐神怪的故事，幾乎占了全部的篇幅。那些鬼狐神怪，透過作者驚人的文學素養，一一地予以人格化，使他們與人類具有同樣的思想、情感和個性。作者也藉著他們的形象，忠實地反映了那個時代和社會；藉著他們的口吻，婉轉地表達了他對人生的憧憬和關注。因此，我們在閱讀這部文學作品的時候，不僅不能為它的奇異色彩所迷惑，而且要把它當做一本哲學書、歷史書、乃至於社會學的書來看。

蒲松齡對於人情世態，能作深入的觀察和描寫，是由於他那平實的生活背景。在清人的統治下，這位別號柳泉居士的蒲留仙，雖然也考中了秀才，參加過幾次舉人的考試，但是一直到晚年才舉了歲貢。所以他的大部分歲月，都是在農村裡度過的，這使他有機會接觸到農村社會中的事事物物。鬼狐神怪原來是農村社會的共同信仰，他便把自己日常所聽到種種故事，運用豐富的想像力，在他的《聊齋》裡渲染成篇，久而久之，竟積成了這一部家喻戶曉的作品。

《聊齋誌異》中的各篇，雖然多半是小說的形式，但是由於文字的古奧醇雅，在從前，很多知識份子都是把它當做古文範本來看的，甚至有人把它和《左傳》、《國語》、《史記》、《漢書》相提並論。可惜在這裡，我們為了使它與經典寶庫中的其他作品體例一致，只以白話改寫了它的內容，而無法將它所有的原作刊出來作一個對照。而事實上，本

書的若干文字和情節，為了適應實際上的需要，也經過了少許的增刪，並不是逐字逐句翻譯的。

以下例言，是我改寫的根據以及原則：

一、本書各篇，大體上是根據蒲松齡《聊齋誌異》的手稿本及青刻本改寫的；有時，在文字方面有了疑問，也參酌其他的版本。

二、本書選擇材料，同時注意它的文學性、趣味性和教育性，儘量要求它能適應青少年的心身發展。

三、本書除以白話改寫外，其他方面，一概保持原作的精神和面貌；只有少數幾篇，為了實際上的需要，在文字和情節方面略有增損。

四、本書為了方便讀者閱覽，對於特殊的地名、官職、以及其他名詞，都有詳細的註解；同時，在每一篇的後面，對於該篇的涵義，也有一個總括的說明。

五、《聊齋》原作各篇，題目過於刻板，有些甚至不能涵蓋全篇的內容，對於這一部分，本書統統予以改訂；但為使讀者便於對照原作起見，另在各篇末尾，再將它的原來題目加以註明。

最後，錄清人馮鎮巒先生的一段話作為結束：

張安溪曾經說：《聊齋》這一本書，會讀它，能使人膽壯；不會讀它，能使人入魔。我認為只拘泥它所記載的事蹟，便會使人入魔；能領會它所涵容的精神，就能使人膽壯。我們只要能認識它文章的美妙，洞察它含意的深微，體受它性情的純正，服膺它議論的公允，那麼它實在是變化我們氣質、陶冶我們心術的第一好書。

聊齋誌異◆瓜棚下的怪譚

目次

蒲松齡和《聊齋誌異》

蒲松齡和《聊齋誌異》

一、蒲松齡的生平

蒲松齡，字留仙，一字劍臣，別號柳泉居士，明崇禎十三（一六四〇）年農曆四月十六日，生於山東省淄川縣東七里的蒲家莊。蒲家莊地近黌（ㄏㄨㄥˊ hóng）山，是一個山明水秀的村落。村東有一個泉源，泉水自地層上冒，溢而成溪，溪旁老柳成蔭，當地居民因而稱之為「柳泉」。由於蒲松齡深愛這裡的風景，後來便以它為號了。

淄川的居民，多半自外地遷來，蒲家是當地的少數土著之一。他們的先人蒲魯渾、

蒲居仁在元朝都曾做過般陽路（淄川在般水之陽，舊稱般陽）的總督。但是蒲家真正的興盛起來，據蒲松齡自己說（淄川《蒲氏族譜》引），是在明洪武以後。蒲松齡的高曾祖永祥、高祖世廣、曾祖繼芳，都有令名，道德文章，為一方所重。他的祖父生訥，生有五個兒子，名叫：檼、棶、槃、柷、棐。蒲槃便是蒲松齡的父親。

蒲槃原來也有意在仕途上謀取發展，但是考了二十多年的秀才，都沒有如願。後來因為家裡實在太窮了，不得已才做起生意來。蒲家在他的經營下，經濟情況漸漸有了轉機。蒲槃曾經生過一個兒子，名叫兆箕，不久就夭折了。他一直到四十歲，都沒有子息，後來便把他弟弟柷的兒子過繼到自己的名下來。說也奇怪，從此以後，竟然接連生了四個兒子，他們依次是兆專、柏齡、松齡和鶴齡。

蒲松齡的降生，有一個傳奇。據說當母親董氏快要生他的時候，他的父親曾經夢見一個又病又瘦的老和尚走進屋來，那和尚光著半邊上身，在乳部還貼著一個銅錢般的膏藥；醒來以後，蒲松齡就生了，乳部竟然也有一個墨誌。蒲松齡自己也相信，他似乎就是那個老和尚的化身（〈聊齋自誌〉）。

蒲松齡出生的第五年，明朝便亡了。那真是一個歷史的劇變。蒲槃在那兵荒馬亂的時代，並沒有忽略對於子侄教育的責任。松齡兄弟，都是他親自課讀的。蒲松齡幼年時代，除了居家讀書外，常在柳泉一帶遊釣，父親的教誨，鄉村純樸的風物，對於他後來性向的發展，都有深刻的影響。

蒲松齡在清順治十四（一六五七）年，和同縣劉國鼎（季調）的次女成婚。那時他是十八歲，夫人劉氏整整小他三歲。劉氏溫柔賢淑，很得蒲母董氏的鍾愛，但是也因此引起了妯娌的嫉妒，造成了婆媳間的失和。他的父親看到鬧得不像樣了，便要他們兄弟分居。這時，他的兄弟都爭著要求好的房舍和器皿，只有他不肯說什麼話，結果僅分得農場裡的老屋三間，和薄田二十畝而已。

順治十五（一六五八）年，他十九歲，參加了童子試，經過縣、府、道三次考試，都是第一名，成了秀才，一時文名大譟。那時安徽宣城的施閏章（愚山）正主持山東的學政，他主張取士應該先實行而後文藝；因此，蒲松齡很得到他的賞識，施閏章也成了他第一個文章知己。可是，在以後的幾次鄉試中，他始終榜上無名。他的一生科第，只在四十六歲時被補為廩膳生、七十二歲時被補為貢生而已。

蒲松齡生性樸訥，而重視信義，一時名士宿儒，多願和他交遊。青年時代，他曾與同鄉李堯臣（希梅）、張篤慶（歷友）、張履慶（視旋）等人結為「郢中詩社」，以道義風雅相切磋。他和李希梅「朝分明窗，夜分燈火」，交情尤稱莫逆。他的鄉先進高珩（念東）、唐夢賚（豹巖）都非常器重他。而新城王世禎（漁洋）尤其欣賞他的才華，屢次示意要羅致門下，都被他婉謝了。

蒲松齡的一生，除了一度遊幕以外，其餘過的都是「舌耕」生涯。康熙九（一六七〇）年秋天，友人孫蕙（樹百）任江蘇寶應縣令，邀他去作幕賓，可以說是他生平僅僅的一次南遊。第二年春天，他又隨樹百轉任高郵，算算時間，前後也不過八個月而已。三十二歲時，他從高郵回到了淄川，從此，便在家鄉開席授徒。又過了八年，他開始在畢際有（載積）的綽然堂設帳。綽然堂在畢家的石隱園中，藏書很多，堂外花木扶疏，他在這個幽美的環境中，一面教讀，一面寫作，一待就是三十年（浦氏曾為際有夫人王氏作墓誌，有「余與畢世兄韋仲同食三十年」之語；韋仲名盛鉅，是畢際有的兒子，可見蒲氏在畢家時間之久），他生前的許多著述，都是在這一段時間裡完成的。等到他撤帳回家，已經是垂暮之年了。

康熙五十四（一七一五）年元旦，他用易理占卜，結果不吉。正月初五，是他父親的忌辰，他帶領兒輩親往墓地祭掃，回來便覺得不適，延到二十二日酉時，竟依窗危坐而逝，享年七十六歲。同年三月，卜葬於柳泉東南的墓地。

蒲松齡共有四子，依次為：箬、篪（ㄔˊ chí）、笏（ㄏㄨˋ hù）、筠。箬、笏、筠和長

孫立悳（ㄉㄜˊ dé），都是秀才，可以說是一門書香。他的著述，據張元（榆村）撰墓表所載，計有：㈠文集四卷，㈡詩集六卷，㈢《聊齋誌異》八卷（今刊本分為十六卷）。附記於碑陰的有：㈣雜著五冊（《省身語錄》、《懷刑錄》、《曆字文》、《日用俗字》、《農桑經》），㈤戲三齣（《考詞九轉貨郎兒》、《鍾妹慶壽》、《鬧館》），㈥通俗俚曲十四種（《墻頭記》、《姑婦曲》、《慈悲曲》、《翻魘殃》、《寒森曲》、《琴瑟樂》、《蓬萊宴》、《俊夜叉》、《窮漢詞》、《醜俊巴》、《快曲》、《禳妒咒》、《磨難曲》、《增補幸雲曲》）。另外經考訂為蒲氏作品的有：㈦《醒世姻緣傳》小說一百回，㈧鼓兒詞若干種。此外，他還輯錄有《藥祟》、《婚嫁全書》、《小學節要》、《齊民要術》、《觀象玩占》、《會天意》、《家政內篇》、《家政外篇》、《帝京景物選略》等書。其他有待考證的著述還有好多種，這裡不再一一列舉了。

二、《聊齋誌異》的流布

《聊齋誌異》的寫作時間，相當長久。大約從蒲松齡的青年時期一直寫到他的晚年。據《聊齋誌異》中所記的資料考察，有晚到康熙四十六（一七〇七）年的（〈夏雪〉、〈化男〉），那時他已經是六十八歲的老人了。不過，他的〈聊齋自誌〉，卻是在康熙十八（一六七九）年寫成的，當時他的年齡是四十歲。因此，我們可以作一個推論：在他四十歲的時候，《聊齋誌異》已經成書了，以後又經過不斷的增訂，才成為定稿。

《聊齋誌異》稿本，最先接觸到的人是王漁洋。王漁洋和蒲氏有瓜葛之親（遠親），也是文字上的朋友。王漁洋對《聊齋》非常激賞，除了為它一一點誌以外，並且間作評語，他所作的〈奉題誌異詩〉：「姑妄言之妄聽之，豆棚瓜架雨如絲。料應厭作人間語，愛聽秋墳鬼唱詩。」也頗能把握《聊齋》的作意。漁洋的評語，在當時是就《聊齋誌異》的原稿上謄入的，我們可以說，它是原本《聊齋》不可分的一部分。可惜這部原稿，歷經滄桑，現在只剩下半部，也就是第一、四、五、十卷的全卷，和第二、十一卷的前一部分，第三、九卷的後一部分。從稿本上，我們可以明顯地看到作者刪改的痕跡，也可以看出作者構思和推敲的過程。

《聊齋誌異》在蒲氏生前，並未刊刻問世，當時流行，只賴傳抄，這些抄本現在已不多見。現存較早的是乾隆十六（一七五一）年的鑄雪齋張希傑鈔本，和同樣是乾隆年間的黃炎熙選鈔本。二書都是十二卷，前者收藏於北大圖書館；後者缺第二、十三兩卷，但有〈豬嘴道人〉、〈張牧〉、〈波斯人〉三篇，是別的本子所沒有的。

至於木刻本，最早的要算是乾隆三十一（一七六六）年的青柯亭本了。刻者是山東萊陽的趙起杲（荷村），所以一般人也稱它為趙本。這個本子分為十六卷，所收的篇目有四百三十一則，對於《聊齋誌異》的傳播，很有貢獻。從它問世以後，所有的評注本，以至於後來的石印本、鉛印本，幾乎都是以它為藍本。除了趙氏刻本，其他重要的本子有道光三（一八二三）年經綸堂所刻的何守奇評本，道光十九（一八三九）年花木長榮之館所刻的何垠註本，道光二十二（一八四二）年但明倫自刻的評本，道光二十三（一八四三）年廣東五雲樓所刻的呂湛恩註本（呂註在道光五年已有刻本，但不載《聊齋》原文），以及光緒十七（一八九一）年合陽喻焜所刻的王、馮、何、但四家合評本（其中馮鎮巒評作於

嘉慶二十三年，早於何、但兩家二十多年，但是在光緒十七年之前，迄未付刻）。以後的各種評本，也多依據它們付刻。在這裡，還有需要一提的是乾隆三十二（一七六七）年的王金範分類選刻本，共十八卷，分二十六門，收文二百七十餘篇，雖然編排十分別致，但是有些文字已經王氏妄改，參考價值也就大大的降低了。

在石印本方面，可以光緒十二（一八八六）年廣宋百齋主人印行的《評注聊齋誌異圖詠》為代表。它的特色是將全書的每一篇故事都畫上圖畫，另在每張圖的空白處題上七絕一首（主要是歌詠該篇故事的內容），在詩的末尾並蓋上刻有篇名的篆章。另外，他又把原列篇後的呂湛恩的註，移到每一句的後面，閱讀起來，要比別的本子方便多了。此後有許多的書局都照這個本子仿印或影印，但是印工精美的並不多。

除了上面提到的木刻本和石印本外，現在坊間也有一些鉛字排印的本子，有的後面還附上簡單的註解，但多半很草率，遠不如影印的木刻本來得好。但是因為有新式標點，讀起來方便，對於《聊齋誌異》的流傳，仍然有它的貢獻。

《聊齋誌異》在道光二十八（一八四八）年已有滿文譯本，時至今日，更被譯成日、英、法、德、俄等國文字，它不但是中國的文學鉅著，而且成為世界的文學寶典了。

三、《聊齋誌異》的評價

據說《聊齋誌異》成稿以後，蒲松齡曾經向王漁洋討教，漁洋想用百金把它買過來，蒲氏不肯。這個傳說的真實性如何，我們現在姑且不去管它，但是，它至少可以證明一點：《聊齋誌異》在當時是廣受大眾歡迎的。趙清耀說它傳鈔甚廣（青刻本《聊齋誌異．例言》），段雪亭說它在「未刻之前，已貴洛陽紙價」（《聊齋誌異遺稿．例言》），應該是可信的。在我們今天看來，《聊齋誌異》雖然可能是「倣干寶《搜神》、任昉《述異》之例」發展而來的，可是它的成就，卻不是任何同類的書籍所能比擬的，關於這一點，我們可以由四方面來說明：

㈠就文字的使用來說：它用的是文言文，精簡而且古雅，說理純正剴切，敘事有條不紊，用典平妥自然。一字一句，都費盡心血來反覆推敲（這由手稿本《聊齋》可以看得清清楚楚），所以前人說他的書是「有意作文，非徒紀事」，並且把它和《左傳》、《國

語》、《史記》、《漢書》相提並論（馮鎮巒〈讀聊齋誌異雜說〉），當成古文寫作的範本來看，不是沒有原因的。

㈡就藝術的成就來說：《聊齋誌異》的每一篇都有它的面目和神情，作者想像力的豐富（如〈畫壁〉——本書改題為「壁上的美人」、〈寒月芙蕖〉——本書改題為「冬天的荷花」），故事造境的優美（如〈翩翩〉——本書改題為「山中仙緣」、〈鴿異〉——本書改題為「少年與白鴿」），情節安排的曲折（如〈張鴻漸〉——本書改題為「張鴻漸的遭遇」、〈石清虛〉——本書改題為「清虛奇石」，性情刻劃的細膩（如〈阿纖〉——本書改題為「真假情人」、〈小謝〉——本書改題為「老屋裡的故事」）……，在在地顯示了作者在藝術上的造詣。

㈢就創作的體制來說：四百三十餘篇的《聊齋》，涵蓋面之廣，也可以說是前所未有的。舉凡寫實、言情、說理、寓言、俠義、靈異……，幾乎無所不包，後世小說所有的形式，它幾乎統統具備了。而且創作量之豐富，更是同時代作家所望塵莫及的，近人把蒲氏稱為「東方的莫泊桑」（王文興〈重認聊齋〉），我想不應該是一種盲目的崇拜吧！

㈣就作品的內容來說：它充分地反映了那個時代和社會，也表達了他對人類的憧憬和關注。因此，在書中有記載當時事實的，如〈地震〉記載康熙七年的濟南大地震，〈紀災前篇〉記載康熙四十二年的淄川水災，〈紀災後篇〉記載康熙四十三年的淄川蟲災，都是極珍貴的史料。有譏刺政治黑暗的，如〈促織〉（本書改題為「稚子的靈魂」）寫官吏的無道，〈賈奉雉〉（本書改題為「賈奉雉成仙」）寫科場的弊端，都令人憤恨。有刻劃人性卑汙的，如〈金陵乙〉（本書改題為「化狐」）寫酒店主人的人面獸心，〈武孝廉〉（本書改題為「石武舉之死」）寫石姓舉人的忘恩負義，都令人切齒。有表彰人倫德義的，如〈張誠〉（本書改題為「張氏兄弟」）寫張氏兄弟的誠篤孝友，〈大力將軍〉寫吳六一的知恩必報，都使人擊節稱賞。有嘲諷風俗人情的，如〈宮夢弼〉（本書改題為「柳家的盛衰」）寫世態的炎涼，〈馬介甫〉寫潑辣的悍婦，都入木三分。有討論人生哲理的，如〈黃英〉寫什麼才是清高，〈瑞雲〉（本書改題為「黑色的指印」）寫怎樣才是愛情，都令人歎服他的識見。有提倡民族精神的，如〈三朝元老〉譏諷洪承疇的變節，〈羅剎海市〉暗嘲滿清的政俗，而〈公孫九娘〉記于七抗清一案，被屠戮的民眾之多，更是滿紙民族血淚。總之，由於《聊齋誌異》接觸面之廣，寫作的時間之長，使它成了半個世紀歷史和社會的見證。

總之，三百年來，《聊齋誌異》在知識界擁有那樣崇高的地位，絕不是偶然的。它的成就，不僅是前未曾有，就是後來類似的作品，也很難跟它相提並論。像袁枚的《子

不語》（後改為《新齊諧》）、和邦額的《夜譚隨錄》、浩歌子的《螢窗異草》、馮起鳳的《昔柳摭談》等，在風格上雖然都和《聊齋誌異》相近，但是在文字和技巧上，卻絕難和它相比。當然，它們的流行也沒有《聊齋誌異》那麼廣，影響世人也沒有《聊齋誌異》那麼深了。

四、《聊齋誌異》的讀法

《聊齋誌異》所記的人物，大體上可以分為人、鬼、狐、神、怪五類，而每一篇故事中，都是以人為主體，分別與其他四類中的一、二類發生關係。蒲松齡所以把他們作為描寫的對象，一方面是由於他平實的生活背景，一方面是由於當時的政治環境。蒲松齡一生落拓不遇，使他大部分的歲月，生活在廣大的農村裡，因而有機會接觸到農村社會形形色色的事物和傳聞，而鬼、狐、神、怪正是農村社會的普遍信仰。他藉著他們的形像，來搜集和編撰故事，以達到懲惡勸善的教化效果，本來是極自然的事。何況，談鬼說狐也是他本人的興趣，他在〈聊齋自誌〉裡說：「才非干寶（晉人，著有《搜神記》），雅愛搜神；情類黃州（指宋人蘇東坡，曾任黃州團練副使），喜人談鬼。」

正是一種表白。至於前文所提到的他出生的傳奇，我們幾乎可以相信，這些鬼、狐、神、怪，也是他個人的信仰了。其次，我們再就當時的政治環境來說，滿清以異族入主中原，一方面用科舉制度來籠絡士人，一方面又用高壓的手段來打擊有反抗思想的知識份子。當時的學界領袖如王夫之（船山）、顧炎武（亭林）、黃宗羲（梨洲）等人，都以民族大義為號召，形成了一股反抗滿清統治的暗流。蒲氏生當其時，康熙二（一六六三）年的莊廷鑨明史獄，六（一六六七）年的沈天甫詩獄，五十（一七一一）年的戴名世南山集獄，都是他親身見到的，這種刻骨銘心的經歷，給予一個傳統的讀書人心靈的煎迫，是可想而知的。而在他家鄉，層出迭起的反抗事件，如順治三（一六四六）年的高苑謝遷之變，十八（一六六一）年的棲霞于七之變，死事之慘，更使人怵目驚心。

在這種高壓的環境之下，他對於時政和社會的不滿，只有藉著鬼、狐、神、怪來發洩了。這樣，他既不必顧慮政治的報復，也可以免除人事的干擾。他愛寫什麼就寫什麼，凡是人類社會一切可歌、可泣、可恨、可痛的事跡，他都可以藉那支生花妙筆，把它們一一的收進《聊齋》裡。王漁洋說他「厭作人間語」，應該是很了解他的話。就是他自己也承認，《聊齋誌異》是一本有「寄託」的「孤憤之書」（〈聊齋自誌〉），所以我們閱讀《聊齋誌異》，非但不能為它的神異色彩所迷惑，而且應該把它所含蓄的旨意找出來，這是最最重要的一層。

其次，我誠懇的建議讀者，應該把《聊齋誌異》當作以下三種書來看：

（一）把它當作文學的作品來看：《聊齋誌異》使用的是文言，在今天以白話作為表達工具的社會裡，文言的使用——特別是用來創作，範圍已越來越窄；但是就文學所負的使命和它對於藝術技巧的講究來說，卻是沒有古今之分的，我們讀《聊齋誌異》，自然應該從這一方面去認識和注意。

（二）把它當作社會的史料來看：文學作品是反映社會的，特別是《聊齋誌異》，它的寫作時間，超過了半個世紀（相當於滿清王朝的五分之一）；它所反映的不是某一個家族，也不是某一個階層，而是這一段時間裡中國社會的全貌，舉凡一切政治、經濟、文化的活動，我們都可以從四百三十多篇的《聊齋誌異》裡找到它的痕跡，它可以說是一部社會實錄。我們要了解那個時代和社會，《聊齋誌異》應該是值得注意的一部書。

（三）把它當作哲學的書籍來看：蒲松齡在作品中批評社會、分析道理，固然代表了那個時期人們的情感和希望，但是在批評和分析中間，我們可以清清楚楚地發現他的價值

觀念。蒲松齡的思想，不可諱言的，含有一部分佛家的因果輪迴和道家的神仙出世思想，可是在基本上，他仍然是儒家的嫡系子孫。他在《聊齋誌異》裡所表達的平實、正大、通達的人生見解，可以使我們得到許許多多的啟發，對我們進德修業，是大有裨益的。

以上只是概略地說說《聊齋誌異》的讀法；當然，讀書貴在自得，讀者如果能從其他的方面去留意，進而得到身心上的助益，更是我們衷心所期望的了。

鬼狐世界的奇幻故事

一、壁上的美人

有一位叫孟龍潭的江西人，和一位姓朱的舉人①，都在京城裡客居。有一天，他們兩人忽然動了遊興，到一所寺院去走走。這所寺院的殿堂和禪房都不太寬敞，只有一個老和尚住在裡面。他看見客人來了，便整理了一下衣服，出來迎接，領著他們到各處看看。

他們走進大殿，看見裡面供著誌公②的塑像，那誌公臉色瑩徹，手腳都長得像鳥爪一樣，很是奇怪。東西兩面牆壁都畫著圖畫，筆法細膩，構思巧妙，畫中的人物，就像真的一樣。東面的牆壁上畫的是「天女散花圖」，裡面有一位少女，長髮披肩，手裡拿著一朵花兒，含羞地笑著，那櫻桃小口彷彿要講話似的，兩個水汪汪的大眼，像是含蓄著無限的深情。那美麗動人的姿態，把朱舉人看呆了，不覺心神蕩漾，起了遐思。忽然，他的身體

輕飄飄的，就像駕著雲霧一般，走進壁畫裡面去了。

朱舉人看見殿閣重重，美麗得像仙境一樣。有一個老和尚，斜披著袈裟，正在座位上說法，圍在四周聽講的人很多。朱舉人站在擁擠的人群裡面伸長著脖子聽講；他聽了一會兒，好像覺得有人偷偷地拉了一下他的衣服。回過頭去一看，竟是那位長髮披肩的畫中少女。她對他深情款款地一笑，掉頭就走了。也不知道怎麼一回事，朱舉人竟不由自主地跟隨著她。

他們穿過了一座彎彎曲曲的欄杆，轉入一間小屋，朱舉人停下腳步，不敢向前走。少女轉過頭來，看見朱舉人還站在遠處，便舉起手裡的花向他招手，朱舉人這才壯起膽子趕上前去。

他們進了屋子，深情地依偎著，廝磨了許久，少女才關上門離開。她臨走的時候，告訴他不要出聲，說她到了夜晚，還會再來看他。

這樣過了兩天，她的同伴終於發現了他們的秘密。她們搜出了朱舉人，便起鬨說：「已經有情郎了，還冒充小姑娘，也不害臊！」說著，便妳拿簪子、我拿耳環地把她打扮成少婦的模樣，那少女竟一時羞得說不出話來。

她們鬧了好久，有一個少女忽然頑皮地提醒大家說：「姊妹們！識相點兒，別盡耗在這兒，惹人討厭！」經她這麼一說，大夥兒便嘻嘻哈哈地走了。

朱舉人這才有機會端詳一下那少女的打扮：髮髻梳得高高的，髮鬟垂得低低的，比秀髮披肩時的模樣豔麗多了。他四顧無人，便又和她纏綿起來。她身上散出來的幽香，使他陶醉極了。

正當他們互相依偎，渾然忘我的時候，忽然聽到門外有馬靴走動的聲音，腳步非常沉重。接著又聽到鐵鍊子和鎖碰擊的聲音；不久，又有嘈雜的說話聲，像是在爭辯什麼。那女郎一驚，連忙推開朱舉人，躡手躡腳地由窗縫向外偷看，只見一個面孔漆黑、穿著金黃色盔甲的使者，左手握著一把鐵鎖，右手提著一個木槌，很凶惡地站在院子裡。

那些剛剛來過屋裡的姊妹們，都誠惶誠恐地圍繞著他。那金甲使者厲聲問道：「人都到齊了嗎？」那些女郎回答說：「到齊了。」

那金甲使者向她們掃了一眼，又警告說：「要是藏了下界的人，就趕快招出來，可不要自找麻煩！」那些女郎又齊聲說：「沒有！」

使者轉過身來，眼光銳利地向小屋子看，像是要搜索似的。那女郎嚇得不得了，臉色像死灰一般。她神色倉皇地告訴朱舉人說：「快點躲到床下去！」說完，便打開壁上的小窗，慌慌張張逃走了。

朱舉人躲在床下，不敢出一點兒聲音。不久，便聽到靴聲來到了房內，只繞了一圈，又走了出去。過了一會兒，嘈雜的聲音漸漸遠了，心裡才稍微平靜下來；可是窗外仍然有走路和談話的聲音。朱舉人在床下悶久了，只覺得耳朵裡像有蟬叫，眼睛也直冒金星，那情況實在忍不下去了，可是又怕惹禍上身，只好仍然伏在床下，靜靜地等那女郎回來，一時竟忘記了自己到底打哪兒來的。

那時，孟龍潭在大殿裡觀賞，一轉眼的工夫，便失去朱舉人的蹤影，心裡覺得有些納悶，就問那引導的老和尚。老和尚微笑著說：「他聽法去了。」孟龍潭又問：「在哪兒？」老和尚說：「就在跟前。」

過了一會兒，老和尚用手指彈著牆壁叫道：「朱施主怎麼玩了那麼久還不回來？」不久，那壁上便現出了朱舉人的形象，只見他歪著腦袋側著耳朵站著，好像聽到了什麼似的。那老和尚又叫道：「你的遊伴等你很久了！」

朱舉人聽了，便恍恍惚惚地從壁上降了下來。落到地上以後，就像一根木頭似的直挺挺地站著，眼睛睜得圓圓的，雙腳一點勁兒都沒有，好像靈魂已經出竅了。

孟龍潭看他那副模樣，嚇了一大跳。過了一會兒，才追問他到底是怎麼一回事，朱舉人這才恢復了神智。他說：「我正伏在床下，忽然聽見敲門的聲音，就像打雷一樣；便走

出來瞧瞧，也不知怎麼的，又回到這地上來。」他們向壁上一看，那手裡拿著花的少女，髮髻已經梳得高高的，不是先前長髮披肩的打扮了。

朱舉人驚詫地拜問老和尚，這是怎麼一回事？老和尚宣了一聲佛號，慢條斯理地說：「一切的幻象都是由人自己腦子裡發出來的，我老和尚哪裡知道是怎麼一回事呢？」

朱舉人和孟龍潭聽了老和尚的話，一個是悶聲不響，一個是惶惑不解。於是兩人便起身告辭，步下大殿的臺階，匆匆地離開了那座寺院。（改寫自〈畫壁〉）

【註釋】

①舉人：清代科舉制度，每隔三年，朝廷便特派官員到省城考試諸生的四書經義和策問等等，凡是及格的考生就叫舉人。

②誌公：指寶誌禪師，俗姓朱，又稱保誌、誌公，人稱誌公禪師，為梁武帝時的佛教高僧。

【短評】

心不動念，一切的幻境便無由產生。朱舉人的心裡先有了淫褻的念頭，所以便自然產生了淫褻的幻象。人的迷惘，都是由於不能消除自家心裡的魔障。老和尚回答朱舉人的話，真是不解之解啊！

二、漁夫和水鬼

淄川（清縣名，今山東省淄川縣）城北有個姓許的漁夫，每晚打魚的時候，必定提著酒到河邊去喝。喝酒時總是先把酒灑在地上，祝告著說：「河裡的溺死鬼都來喝酒吧！」別人捕魚，經常沒有什麼收穫，唯有他總是滿載而歸。

有一天晚上，他一個人正在河邊喝酒，有個年輕人走過來，在他身邊踱來踱去。他便邀年輕人共飲，對方很爽快地接受了。

這個晚上一尾魚也沒捕到，漁夫感到很失望。年輕人站起來說：「我到下游去為您趕魚！」於是輕飄飄地走了。一會兒又回來說：「大的魚都被我趕過來了。」說完，果然聽到河裡魚兒喳呷喳呷的聲音。漁夫舉起網子，一下子捕獲了好多條，都有一尺多長。漁夫

高興得不斷地向他道謝。

年輕人要告辭了，漁夫送他魚，他不肯接受，說：「屢次接受您的好酒招待，這一點點小事算得了什麼？還要您謝？如果您不嫌棄，以後我每天晚上都來陪您喝酒和趕魚。」

漁夫說：「你只和我喝了一個晚上的酒，怎麼說是屢次呢？如果你肯天天來，那真是最好不過了，只是我沒法報答你為我趕魚的盛情啊！」問他的姓名，回答說：「我姓王，沒有名字，您就叫我王六郎好了。」於是兩人便告別了。

第二天，漁夫賣了魚，買了更多的酒，晚上來到河岸，王六郎已經先到了，兩人高高興興地坐下來喝酒。喝了幾杯，年輕人就為漁夫趕魚。以後每天都是這樣。

半年過後，有個晚上，年輕人忽然對漁夫說：「和您相識以來，承您像兄弟一樣地愛護我，使我格外感覺溫暖；只可惜不久我們就要分別了。」王六郎語調淒涼中帶著酸楚。漁夫很驚訝，連忙追問是什麼緣故？

六郎幾次要說出來，但話到嘴邊又吞了回去，最後還是說了：「我們兩人感情這麼好，我說了，您或許不會驚慌吧！現在即將分別，不妨向您說實話！我實在是一個鬼，生前一向喜歡喝酒，幾年以前的某一天，因為喝醉了酒而淹死在這裡。以前您打的魚比別人多，就是因為我在河裡為您趕魚，報答您屢次奠酒的恩德的緣故！明天我的罪孽滿了，將

會有替死的來，有了替身，我就可以投胎去了，您我相聚就只有今晚，所以非常感傷。」

漁夫起初聽說他是個鬼，十分害怕，但是想到彼此長久地親密相處，也就不覺得恐怖，同時也為即將分別而感歎。他斟滿了酒說：「六郎，把這杯酒喝了吧！不要悲傷了！你我每天相聚，一旦分別，本來是令人悲痛的，但是既然你的罪孽已滿，可以脫去劫運，這是可喜可賀的，悲傷反而不合情理咧！」於是兩人對坐暢飲。

漁夫問替死的是什麼人？六郎回答說：「老大哥明天到河邊來看，晌午時分，有個渡河而掉進水裡的女人，就是她了。」這時，村子裡的雞已經開始啼叫，六郎只好依依不捨地揮淚告別。

第二天，漁夫懷著幾分畏怯的心情來到河邊，等著窺看這件怪異的事情。果然看見有個婦人抱著嬰孩來了，走到河岸就一腳掉進水裡，孩子被拋在岸邊。漁夫眼見著那婦人揚起手蹬著腳又叫又喊的，一下子沉進水中，一下又浮在水面，這樣載浮載沉了好幾次，忽然拖著濕淋淋的身子攀上了岸，坐在草地上喘息了片刻，就抱著孩子走了。

當這婦人溺水的時候，漁夫很不忍心，想要跑過去救她，轉而一想，她是來代替六郎的，也就硬著心腸沒有去救。等到婦人上了岸，他又懷疑六郎昨晚所說的話不靈驗。

到了日暮，他背著漁具來到舊地，六郎又來了，說：「今天我們又聚會了，並且不

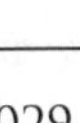

再和您道別。」問是什麼緣故，回答說：「那個婦人已經來替代我了，但是我憐憫她懷抱中的孩子。為了代替我一個人，就殘害了兩條性命，我怎麼忍心得下？所以就捨棄了這一次投生的機會。再要等到有人來替代，不知要到哪年哪月？也許我們倆的緣分還沒有盡吧？」

漁夫感歎著說：「像你這麼好的心腸，一定可以感動上帝的！」從此以後，他們又每晚相聚，和以前一樣。

過了幾天，六郎又來告別，漁夫以為他再度找到了替身。他卻說：「不是的。前次我那慈悲的念頭，果然感動了天帝，現在派我到招遠縣（今山東省招遠縣）鄔鎮去做土地神，明天一早就要去上任，假使您不忘記舊交情，就請到那邊探望我，不要怕路途遙遠。」

漁夫向他道賀說：「你因為正直而修成了神仙，真是令人快慰。但是神仙和凡人天地相隔，我就是不怕路途遙遠，又怎能看得見你呢？」

六郎說：「您只管前往好了，一切都不必顧慮。」他再三地叮嚀，然後才離開。

漁夫回家以後，即刻整理行裝，打算朝東邊去，他的妻子笑著說：「這一路上有幾百里，即使有鄔鎮這個地方，恐怕一個泥菩薩也沒辦法和你交談。」漁夫聽不進妻子的話，最後找到了招遠縣，向當地的居民打聽，果然有個叫鄔鎮的地方。

他找到了鄔鎮，便在一間旅店裡歇腳，並問旅店主人土地廟在哪裡？主人驚異地說：「莫非您就是許先生嗎？」漁夫驚奇地說：「是啊！你是怎麼知道的？」主人又問：「那您的家鄉是淄川了？」

漁夫更覺得奇怪，說：「是啊！你怎麼知道的呢？」主人沒有回答就立刻跑了出去。一會兒的工夫，男人們都抱著嬰孩，婦女和兒童都躲在門外偷看，許多人一擁而上，把漁夫圍得緊緊地，像一堵牆似的，漁夫越發地感到莫名其妙。

這時大家才你一嘴、我一舌地對漁夫說：「前幾個晚上，我們都夢見了土地神，祂說有一位住在淄川的許先生要來，要我們為他準備路費。我們已經恭候幾天了。」

漁夫也覺得很不可思議，就到廟裡去祭拜，並且祝告說：「和你分別以後，就是在睡夢裡也想著你，我現在從遙遠的地方前來赴約，蒙你託夢給這裡的百姓，我心中實在感激。我沒有帶什麼好的禮物來，只有一杯薄酒，如果你不嫌棄，就請像從前在河邊那樣把它喝了吧！」祝告完畢，接著焚燒紙錢。頃刻間，一陣風從神座後面吹出來，在漁夫的四周旋轉，大約過了一個時辰才散去。

夜裡，漁夫又夢見這個年輕人，他穿戴極為考究，和平日大不相同。他道謝說：「勞

您的駕大老遠地來看我，使我既興奮又感動。只因為擔任這微小的職務，不便和您會見，雖近在咫尺，卻彷彿是遙隔天涯，怎不教人憂傷滿懷？父老們預備了一份薄禮相送，這只是我的一點點心意。您回去的時候，我會來送行的。」

住了幾天，漁夫要回去了，老百姓殷勤懇切地留他，早上請、晚上邀地，款待他喝酒吃飯，並且一天有好幾戶人家輪流作東。最後，漁夫堅決要走，大家便爭著送他禮物。有的送錢，有的送東西，一大早，就裝得滿箱滿袋。全村子的人，老的小的，都來送行，一直送出村口。一路上，大風揚起，隨著漁夫走了十幾里路。

漁夫一再地作揖說：「六郎！你請珍重！不再勞你遠送了。你心地仁慈，必定能夠造福一方，保佑老百姓的，這用不著老友來囑咐了。」這陣大風盤旋了許久，然後才消失。村人也又驚又歎地回去了。

漁夫返回家鄉，經濟稍微寬裕了些，也就不再外出捕魚了。後來遇見招遠縣的居民，向他們詢問有關土地神的事，都說：和從前一樣地靈驗。（改寫自〈王六郎〉）

【短評】

人、鬼、神代表著三種不同的境界。一行不慎，便沉淪為鬼；一念慈悲，便提升為神。

王六郎的由人而鬼而神，正是作者給我們的一種啟示。

三、道士種梨

有一個鄉下人推著一車梨到街上去賣，他的梨又甜又香，可是價錢卻賣得很貴。

有一個衣衫襤褸的道士，來到車前向他乞討，鄉下人呵斥他，他也不走。鄉下人動了肝火，著實地罵了他一頓。道士說：「你整個車上有幾百個梨，我出家人只向你乞討一個，對於你也沒有多大損失，為什麼要動氣呢？」旁觀的人也勸賣梨的選一個不好的梨給他，打發他走，可是這個賣梨的鄉下人說什麼也不肯。

這時街邊店鋪裡有個夥計，看見他們吵鬧個沒完，就掏出錢來買了一個梨送給道士。道士連聲道謝，並且告訴眾人說：「我出家人可從來不懂什麼叫吝嗇，我有很好的梨，讓我拿出來請客。」有人嘲諷說：「你既然有梨，為什麼不自己吃呢？」

道士說：「我必須用這個梨核做種子。」於是抱著梨子大啃，吃完了，手裡捏著梨核，從肩膀上解下了鐵鏟，將地挖了幾寸深，然後把梨核放進去，再蓋上泥土。又向街上的人要水來澆。有個好事的人在路邊的店裡要到了一桶熱水，道士居然也接過來往上面澆。

所有的人都把眼光集中在道士的戲法上，只見地上忽然冒出一棵嫩芽來，漸長漸大；不久就成了一株枝葉扶疏的梨樹。一下子花也開了，又一下子果也結了，梨子很大，而且芳香撲鼻，一個接著一個，掛滿了枝椏。道士於是從樹上摘下來送給觀看的人吃，很快就摘完了。接著道士就用鏟子來砍樹，發出了「錚錚」的聲音，過了好久，才把它砍斷。他就連枝帶葉地扛在肩上，從從容容地走了。

在道士變戲法的時候，那個賣梨的鄉下人也擠在人群之中，伸著脖子注意看，竟然忘記了自己是幹什麼的。道士離開後，他回過頭來看看車子，梨已經統統不見了，而車子的把手也不曉得到哪兒去了。他這才明白：道士用來請客的，都是他的東西；而扛走的梨樹，正是他的車把手。整個街上的人，都笑得東倒西歪。（改寫自〈種梨〉）

【短評】

吝嗇對於別人固然是一種刻薄，而對於自己更是一種傷害。常人只見到有形的虧耗，卻看不到無形的損失。

這篇想像力豐富的小說，不正是說明這一個事實嗎？

四、王七學道

鄉裡有個姓王的，排行第七，家境很不錯。他年輕的時候就嚮往道術，聽說勞山（在山東省境膠州灣東岸，即墨縣南）上住著許多仙人，就背著行囊去尋訪。

他爬到了一個山頂上，看見一所道觀，四周都是茂林修竹，環境非常清幽。觀裡有個道士，在蒲團上打坐，銀白色的頭髮一直垂到頸子底下，可是精神卻非常健旺。王七和他交談，他所說的都是些玄妙的道理。王七傾慕極了，就請道士收他為徒弟。

道士說：「你一向嬌生慣養的，恐怕吃不了這種苦吧？」王七見道士不肯答應，便一再說明自己對道術的嚮往，就是吃苦受罪，也心甘情願。道士見他心意誠懇，也不好過分拒絕。

道士的徒弟很多，在傍晚的時候，全部集合在一塊兒，王七一一和他們行禮，於是就留在觀裡了。

天剛放亮，道士就把王七喊去，交給他一把斧頭，叫他跟著其他的徒弟一同去砍柴。王七很恭敬地照辦了。從此，王七每天都得砍柴。砍了個把月，他的手腳都起了厚厚的繭，再也受不了那種苦，心裡就暗暗地興起了回家的念頭。

有一天，王七砍了柴回去，看見兩個人和師父一起喝酒，太陽早已下山了，燈火還沒有點起來。他的師父便把一張紙剪成像鏡子一樣，黏貼在牆壁間。不久，那面紙鏡子竟像月亮一樣放出清光，室內被照得連一根毫毛都看得清清楚楚。這時，所有的徒弟都圍在四周，聽候差遣。

有一位客人說：「這樣美好的夜晚，大家應該來同樂一下才是。」於是拿起桌上的酒壺，倒酒給徒弟們喝，而且告訴他們，可以喝個痛快。王七心裡直犯嘀咕：總共七八個人，一壺酒怎麼應付得了？只見那些徒弟有的找碗、有的尋杯，爭先恐後地搶酒喝，惟恐酒被別人喝光了。可是酒壺裡的酒，一遍又一遍地倒，居然還是倒不完。王七覺得奇怪極了。

過了一會兒，另一位客人說：「雖然我們沐浴在月亮的清輝裡，可是這樣靜悄悄地喝酒，也沒有什麼情趣，為什麼不請嫦娥來陪陪呢？」於是就把筷子投到月亮上去。不久，就見到一個美人，從月亮裡走出來。起先，身長還不到一尺；可是落到地上，便和普通人一樣高了。這個美人，腰身細細的，頸項長得白白嫩嫩的，輕輕盈盈地跳著霓裳舞①。跳完以後，接著唱起歌來：

神仙啊！
你回到了塵寰啊！
卻把我留置在廣寒宮啊！②

她的歌聲非常清新悅耳，美得像簫的吹奏一樣。唱完了歌，就輕妙地飛了起來，跳到桌子上。就在徒弟們驚奇地注視的當兒，又變成了筷子。主客三人快樂地大笑起來。一位客人又說：「今天晚上最快活了，酒也差不多喝夠了。我們到月宮裡去喝兩杯再分手怎麼樣？」於是三個人就帶著酒菜，漸漸地進入月亮之中。大家看見這三個人在月亮裡喝酒，連鬍子和眉毛都看得清清楚楚，就如同鏡子裡的人影一樣。

過了一陣子，月光漸漸地暗淡起來，徒弟點燃了蠟燭，只見道士一個人孤零零地坐

著，兩個客人早已不見了，桌子上還殘留些果核酒菜。

牆壁上的月亮，仍然是一張圓紙。這時，道士開口問大家：「酒喝夠了吧？」大家都說：「喝夠了。」道士說：「喝夠了就該早點上床，不要耽誤明天的砍柴。」大家答應著就去睡了。王七心裡很羨慕師父的法術，便打消了回去的念頭。

又過了一個月，王七受不了苦，而道士又不肯教他一點法術。他實在不能耐心地等下去了，就向師父告辭說：「弟子從幾百里外的地方來跟老師學藝，縱然您不肯教我長生之術，也該教我一點小本事，使我有個指望。現在已經過了三個月，每天都是早上出去打柴，天黑以後回來。弟子在家裡，可從來也沒有吃過這樣的苦！」

道士笑著說：「我老早就說你吃不了苦，現在果然被我說中了。好吧！明天早上我就打發你走。」

王七說：「弟子做了這麼多天的工，老師隨意教我一點小本事，也不算白來了這一趟。」

道士問：「你想學點什麼法術？」

王七說：「每次看見老師要走過的地方，牆壁都擋不住，只要學到這一套本事就夠了。」道士笑笑，答應了他。

道士把口訣教給了王七，叫他照著咒念，念完了，道士教他進牆，王七猶豫著不敢進去。道士說：「不妨試試。」王七果然從從容容地對著牆走去，可是剛碰到牆，就給擋住了。

道士說：「低著頭衝進去，不要猶豫！」王七照著吩咐，先離牆好幾步，然後再死命向前衝；穿過了牆壁，好像什麼東西也沒有碰到，回頭一看，自己已在牆壁外面了。

王七高興得不得了，馬上進去拜謝老師。道士叮嚀說：「你回去以後，要好好修身養性，要不然，這套本事就不靈了。」於是又送他一些路費，打發他回去。

王七回到家裡，自吹遇到了神仙，只要作起法來，再堅固的牆也擋不住他。他的太太不相信。王七就學道士的方法，試給他太太看：先離開牆幾尺遠，然後低著頭死命衝過去。可是頭卻碰到堅硬的牆壁，身子突然地倒了下去。他太太扶起來一看，腦袋上已經起了一個像雞蛋一樣的大包。（改寫自〈勞山道士〉）

【註釋】

①霓裳舞：相傳唐玄宗遊月宮時，見許多仙女都穿著素練霓裳翩翩起舞，舞曲為〈霓裳羽衣

曲〉，後來便稱這種舞蹈為霓裳舞。

②廣寒宮：相傳唐玄宗遊月宮時，見宮門上題著「廣寒清虛之府」，後世便稱月宮為廣寒宮。

【短評】

學問的成就，需要時間和耐心。輕浮和驕惰的人，永遠不能走進它的堂奧。只剽竊到一點皮毛，就自吹自擂，適足以成為世人取笑的對象。

五、長清高僧

長清（清代縣名，今山東長清縣）有個和尚，道行高潔，八十多歲了，精神還很健旺。有一天，突然倒地不起，廟裡的和尚趕忙跑過去救他，發現他已經圓寂了。那和尚自己也不曉得已經死了，靈魂一直飄蕩到河南地界。河南有一個世家子，帶領著幾十個隨從騎馬打獵，馬忽然狂奔，那世家子便摔死了。巧的是那世家子摔下來的時候，正好碰到了和尚的靈魂，於是靈和肉合而為一，世家子又漸漸地醒轉過來。

家裡的僕人都圍過來問他的傷勢；他張大了眼睛說：「奇怪！我怎麼會在這裡？」眾人以為他腦子摔壞了，也不再多說，便把他扶了回去。

他回到家裡以後，那些妻妾丫鬟紛紛過來慰問他。他非常吃驚地說：「我是個和尚，怎麼會到這裡來？」家裡的人也以為他腦子摔壞了，一起揪著他的耳朵想讓他恢復記憶。

那和尚也不為自己解釋，只是閉著眼睛，不再說話。家裡的人給他素食，他就吃；給他酒肉，他就拒絕。夜晚總是一個人單獨睡，不受妻妾的侍候。

幾天以後，和尚忽然想走幾步，眾人都很高興。待他走出來，只坐了一會兒，便有一些僕人捧著金錢、米穀的帳簿請他核算。他藉口生病，精神不好，統統推掉了。只是一味地問，山東長清縣是怎麼個走法。大家告訴他以後，他便說：「我悶得有些發慌，想到那裡走走，你們快替我備好行裝。」眾人都說病體剛剛復元，不適合長途跋涉，他不肯聽，第二天便出發了。

他到了長清，看到風物全跟往昔一樣，也不需打探走法，就一路來到他從前所住的廟宇。小和尚們看見貴賓蒞臨，招呼得非常恭敬。

於是，他就向小和尚打聽：「你們老和尚到哪兒去了？」

小和尚說：「我們師父已經圓寂了。」又問老和尚的墳墓所在，大家便把他帶去。一看是個三尺高的孤墳，荒草還未滋長起來；和尚們也不曉得他到底想幹什麼，都在一旁看著。

不久，和尚們預備騎馬回廟，他便囑咐說：「你們師父是位得道的高僧，所留下來的教訓，應該恪守不渝，不要壞了佛門清規。」眾和尚齊聲說是，他便走了。

他回去以後，只是靜心默坐，像個木偶似的，對於家中大小事情，一概不管。

過了幾個月，又逃回從前所住持的廟宇。他跟徒弟們說：「我就是你們的師父。」和尚們以為他胡說，只是笑笑。

老和尚見他們都不相信自己所說的話，便跟他們說明還魂的經過，以及平生所作的一切，和尚們這才明白。於是，弟子們仍然請他住在老地方，像從前一樣地侍候他。

後來公子的家人屢次派車馬來，哀求他回家，可是他一點也不理會。

又過了一年多，夫人又派老管家帶了很多東西給他，他除了接受一件布袍之外，其他的金銀綢緞統統退了回去。

筆者有幾個朋友偶然到長清，曾經到那座廟宇去拜望他。他們都說老和尚的為人，誠懇厚道，不太愛講話；年齡看起來只有三十來歲，卻往往敘說八十多年前的事。（改寫自〈長清僧〉）

【短評】

道行高便不會墮落，性情定便不會動搖。面對一切紛華靡麗，能保持心性的清淨，縱然是形體已經離去，也不妨礙精神的超越、昇華。

六、人蛇之間

東郡有一個人，以玩蛇為業。他曾經畜養過兩條馴良的蛇，都是青色的：大的那條叫大青，小的那條叫二青，兩條青蛇的額上都有紅點子。牠們性情溫順，而又善解人意，玩起來上下盤旋，沒有不聽從指揮的。因此，玩蛇的人對牠們的愛護，也就不同於他所畜養的其他蛇了。

過了一年，大青死了，玩蛇的人想找一條蛇來補缺，可是還沒有工夫去找。有一夜，他寄宿在荒山的寺廟裡，天亮後，打開蛇箱一看，二青也不見了。玩蛇的人非常失望和懊惱，到處搜尋，大聲地喊叫，一直見不到牠的蹤影。

他想到從前，每一遇到草樹茂密的地方，往往把牠放出蛇箱，讓牠逍遙一番，不久牠

都會回來；因為這個原因，玩蛇的人只好指望牠自己回來了。於是他就坐在那裡等，直到太陽升高了，他也感到絕望了，才悶悶不樂地離開寺廟。

他剛走出大門幾步，就聽到蕪蔓的草叢中有悉悉索索的聲音。他驚愕地停下腳步，回頭一看，原來竟是二青回來了。他高興得不得了，就像得到了至寶一樣。他把肩上的擔子放在路邊，二青也跟著爬到那裡停下了。一看二青的後頭，居然有一條小蛇追隨著。

他撫摸著二青說：「我以為你跑掉了。那個小朋友可是你引來的嗎？」於是拿出食物來餵牠，同時也餵了新來的小蛇。小蛇雖不離開，但是卻畏畏縮縮地不敢吃東西。二青把食物含在嘴裡餵牠，就好像主人讓食於客人一樣。玩蛇的人再餵牠，小蛇才敢進食。吃完以後，跟隨著二青一起進入蛇箱。

玩蛇的人把小蛇挑去訓練，小蛇的盤旋曲折都合乎規矩，和二青沒有多大不同，因此就稱牠為小青。帶著牠到各處獻技，賺到了不少錢。

大抵玩蛇的人用來表演的蛇，只以二尺長為限；再大蛇身就太重，玩起來不靈活，便要換一條新的了。但是因為二青溫馴，所以不忍心立刻把牠丟掉。又過了二、三年，二青長到三尺多長，在蛇箱裡躺著，把蛇箱塞得滿滿的，這才決定讓牠自尋生路。有一天，玩蛇的人走到淄川的東山間，餵了二青一些可口的東西，向牠祝禱一番，就把牠放了。

二青走了以後，不久又回來，蜿蜒於蛇箱之外，捨不得離開。玩蛇的人揮揮手說：「走吧！二青！天下沒有百年不散的筵席。從今以後，你藏身在深山大谷裡，一定會成為神龍的，蛇箱之中又如何可以長住呢？」二青這才離開。

玩蛇的人目送著牠離去。可是過了一會兒，牠又回來了，並且用牠的頭來碰蛇箱，小青在箱子裡，也動個不停。玩蛇的人恍然大悟地說：「可不是要跟小青告別？」於是打開蛇箱，小青便從裡面爬出來，和牠交頭吐舌，好像是在絮絮話別。接著兩條蛇一起爬走了。玩蛇的人以為這下子小青不會再回來了，可是不久便見到小青孤零零地回來，爬到蛇箱裡躺著。

玩蛇的人自二青走了以後，時時刻刻都想找一條好蛇，可是始終沒有中意的。接著小青也漸漸長大，不能表演了。

當二青被放走以後，很多樵夫都曾在山中見過牠。又過了幾年，牠的身子有好幾尺長，粗得像碗口一樣；漸漸地出來追人，於是商旅們都互相告誡，不敢再經過那條路。

有一天，玩蛇的人經過那裡，蛇像風一樣地突然出現。玩蛇的人嚇得半死，拔腿就跑。可是蛇追得更緊，回過頭來一看，已經快被追上了。突然發現那條蛇的頭部，還清清楚楚地有個紅點子，這才想起牠就是二青。於是他放下擔子叫道：「二青！二青！」蛇立刻停止不動，昂起頭來對他凝視了許久，然後用身子纏繞著他，就像從前表演時的情況一樣。玩蛇的人察覺二青沒有一點兒惡意；只是蛇身太重，被牠纏得受不了。他倒在地上呼叫著，祝禱著，二青這才放開了他。二青又以頭碰擊蛇箱，玩蛇的人領會牠的意思，把蛇箱打開，放出了小青。二條蛇相見，彼此纏繞著，像糖膠一樣，過了許久才分開。

玩蛇的人於是向小青祝禱說：「我老早就想和你告別，今天你已經有同伴了。」又跟二青說：「小青本來是你帶來的，現在你可以再把牠帶走。我有一句話要叮嚀你：深山裡食物並不缺乏，你可不要騷擾行人，免得遭受天神的處分。」兩條蛇垂著頭，好像接受了他的勸告，一前一後地爬走了。

玩蛇的人癡癡地站在那兒，直到看不見牠們的影子才悵悵的離開。（改寫自〈蛇人〉）

【短評】

蛇只是一種動物，但是牠卻依依不捨地眷戀著故人，而且非常樂意接受別人的勸告。這篇描寫細膩而富有人情味的小說，它告訴了我們什麼？

七、找回來的心

太原有個姓王的書生，清晨起來散步，遇到一個女郎，手裡拿著包裹，慌慌張張地趕路，好像後面有什麼人追來似的。那姓王的覺得有點兒奇怪，就加快腳步跟了上去。一看之下，原來是一個十六、七歲的美人兒。

王書生見她生得漂亮，又一副楚楚可憐的樣子，便不覺有了幾分愛意。於是他走到跟前搭訕道：「大清早上，姑娘要上哪兒去呀？怎麼一個人在這裡趕路？」

那女郎轉過頭來看了他一眼說：「你這人也奇怪，我跟你一不沾親，二不帶故，我的事你管得了嗎？」

王書生說：「這倒說不定。如果有用得著的地方，我王某人是絕對不會推辭的。」

那女郎聽了，便神色黯然地說：「其實告訴你也不妨。我的父母貪圖錢財，把我賣到一個大戶人家。那大老婆心眼兒窄，容不下我，早晚都得挨她打罵。這種日子，我真受夠了，想來想去，還不如走了的好！」

王書生問道：「那妳準備到哪兒去呢？」那女郎回答說：「潛逃的女人，哪裡會有一定的去處？」

王書生說：「我家就在附近，何不到那兒歇歇？」那女郎聽了非常高興，就接受了他的邀請。王書生替她拿著包裹，領著她一起回家。

女郎看見屋子裡沒有別的人，便問：「你家裡怎麼沒有人呢？」王書生回答說：「這只是我的書房。」

女郎說：「這兒倒是藏身的好地方。你如果可憐我，不讓我死，就請你保守秘密，千萬不要洩漏出去。」王書生滿口答應，兩人就在一塊兒睡了。

王書生讓那女郎躲在密室裡，一連好幾天都沒有人知道。後來，他憋不住了，便跟妻子透露了一點口風。他妻子姓陳，非常賢淑，疑心那女郎是大戶人家的小老婆，勸丈夫趕快把她送回去，可是那王書生說什麼也捨不得。

有一天，王書生在街上遇到一個道士，那道士看見他，嚇了一跳，問他最近可遇到了

什麼。王書生說：「沒有。」道士說：「你的身上明明罩著邪氣，怎麼說沒有呢？」王書生又極力辯解。

道士無可奈何，便歎口氣說：「真糊塗啊！世上居然有死到臨頭還不醒悟的人！」說完便走了。

那王書生覺得道士的話裡有點文章，對那女郎也就起了疑心。可是接著一想：「她明明是個美人兒，怎麼會是妖怪呢？一定是那道士窮慌了，想藉驅邪騙點錢用吧？」也就沒有把這件事放在心上。

不久，他走到自家的書房門口，門的裡面居然已經閂了起來，沒法子進去。他疑心女郎可能在搞什麼鬼，就從破牆上爬了過去。這時，他赫然發現，房間的門也被鎖上了。他躡手躡腳地從窗縫向裡面一看，只見一個青面獠牙的女鬼，正把一張人皮鋪在床上，握著彩筆作畫呢。畫了一會兒，她丟下彩筆，拿起人皮來披在身上，竟又變成一個絕色的女子。

王書生看到這種情形，嚇得魂不附體，連忙爬了出來。他急急忙忙地去追趕道士，可是已經不知道上哪兒去了。他到處尋找，後來在一處曠野把他找著了。王書生跪在道士前面，求他救命。

　　道士說：「好吧！我替你把她趕走就是了。說起這個東西，倒也怪可憐的，好不容易才找到了一個替身，我也不忍心一下子傷害她的生命。」於是就交給王書生一個拂塵（撣灰塵和驅蚊蠅的一種工具，也稱拂子，多半是用馬尾巴毛做的），叫他掛在臥房的門口。臨走的時候，兩人約定下次在青帝廟碰頭。

　　王書生回家以後，不敢再走進書房，便睡在內室裡，並把那個拂塵掛在門口。大約到了一更天的時候，他聽到門外有輕微的腳步聲，他連忙把頭縮在被窩裡，卻叫他的妻子去偷看。只見一個女子走來，看到了道士的拂塵，便不敢繼續向前走；只是站在那兒，把牙齒咬得格格格的響。過了好久，才恨恨地離開。

　　不一會兒，她又轉了回來，罵著說：「該死的老道！竟來嚇你老娘！難道說吃到嘴裡的東西還吐出來不成？」說著，便取下拂塵，把它扯得粉碎。她又用力地撞破房門，一直走到王書生床前，撕開他的肚皮，掏出他的心臟，然後才揚長而去。

　　王書生妻子嚇壞了，過了半天，才大喊救命。丫鬟們聽到喊聲，都一起跑了進來，點亮蠟燭一照，發現王書生已經死了，肚子裡的血，流得到處都是。陳氏看了，又害怕、又傷心，只是默默地流著眼淚，一時也不敢張揚開來。

　　第二天，陳氏叫小叔二郎到青帝廟去告訴道士。道士聽了，大為光火，咬牙切齒地說：「可惱呀！可惱！我本來是可憐她，才留下她這一條小命，沒想到她的膽子竟然這樣大！」

說著，就跟二郎到王書生家裡來。這時，那女鬼已經不見了。道士抬起頭來向四面一看，說道：「還好，她未曾逃遠。」又問：「南面的院子是什麼人家？」二郎回答說：「我就住在那兒。」

道士說：「現在那女鬼就在你家裡。」二郎聽了，大吃一驚，以為不太可能。

道士見他不信，便問道：「今天你家可有陌生人來？」

二郎說：「我大清早趕到青帝廟去，還不曉得，待我回去問問看。」

二郎去了一會兒，回來告訴道士說：「真有這麼一回事。早上有個老太婆來，想要到我家幫傭，我妻子已經把她留下來了，現在還在那兒呢！」

道士說：「就是這個東西了。」便跟二郎一起回去。

道士祭起木劍，站在院子當中，大聲呼喝道：「惡魔！還我拂塵來！」那老太婆在房裡，嚇得面無人色，正待奪門而逃；道士追上去就是一劍，那老太婆倒在地上，人皮「啪」的一聲掉了下來，化成一個惡鬼，躺在地上叫得像豬嚎一樣。

道士用木劍砍下她的頭，她的身子竟化為一縷濃煙，在地上繞成一團。道士拿出一

個葫蘆，拔下塞子，放在煙的中間，那一團煙頃刻之間統統被吸了進去，就像人的嘴巴吸氣一樣。道士便把葫蘆塞住，藏在袋子裡。大家再看那張人皮，眉目手足沒有一樣是不完全的。道士把那張人皮捲了起來，聲音如同捲起畫軸一樣。料理告一段落後，便準備告辭了。

陳氏見道士要離去，就跪在門口請求道士救救她的丈夫。道士推說無法可想。陳氏聽了，越發哭得悲傷，伏在地上不肯起來。道士沉思了一會兒說：「我的道行還不夠，實在不能使妳丈夫回生。不過我可以告訴妳一個人，他也許能幫妳的忙。」

陳氏問這個人是誰？道士說：「街上有個瘋子，時常睡在骯髒的泥土上。妳可以去哀求他。假如他無理的羞辱妳，妳可千萬不要動氣。」二郎在旁，也牢牢記住了道士的吩咐，便和他作別，跟嫂嫂一起前往。

他們看見那乞丐正瘋瘋癲癲地在路上高歌，鼻涕拖得好長，髒得讓人沒法子靠近。陳氏跪在地上慢慢往乞丐的前面移。

乞丐笑著說：「美人兒可是看上了我？」陳氏便把來意告訴他。乞丐又大笑說：「像妳這樣見了一個就愛一個的爛貨，還有什麼臉活著？」陳氏仍然哀求不已。

乞丐說：「妳這人也奇怪！丈夫死了要我來救活，我難道是閻羅王不成？」說著，就

憤怒地用拐杖來打陳氏，陳氏強忍著痛楚，一點兒也不敢吭氣。

這時候，街上的人慢慢地圍集過來，就像一堵牆一樣。乞丐突然在手上吐了一大口痰，然後把手伸向陳氏的嘴邊，要她吃掉。陳氏漲紅著臉，顯得有些為難；可是一想到道士的吩咐，便硬著頭皮把痰吞掉了。只覺得那痰進入喉管以後，就像一團棉花一樣，很不容易下嚥，老是停在胸口。

那乞丐看見陳氏吞下了痰，又大笑起來說：「這美人兒還真是死心塌地喜歡我呢！」於是，就頭也不回地走了。

陳氏跟二郎在後面追趕，見他進入一個廟中，一閃就不見了。他們到處尋找，始終不見人影。心裡真是又慚愧、又憤恨！

陳氏回家以後，想到丈夫死得這麼慘，自己又平白受到這般羞辱，哭得死去活來。當她清理血跡、收殮屍體的時候，家人只是站在一旁看，沒有一個人敢靠近。

陳氏抱著屍體，把腸子放回肚子裡，一面料理，一面哭泣，連聲音都哭啞了。這時，她突然覺得有點想吐，那梗在胸口的東西，也趁著這個時候直往外衝，她還來不及去接，就已經掉進了丈夫的胸腔。她仔細一看，原來是一顆人的心臟，還在胸膛裡直跳呢！

她驚訝極了，連忙用雙手把裂開的胸腔合起來，摸摸屍體，居然漸漸有了熱氣。她把

一床綢被子蓋在丈夫的身體上，到了半夜起來看，王書生又有了呼吸。天亮以後，便活過來了。

王書生說：「我一直恍恍惚惚，好像在做夢一般，只覺得胸腔還隱隱約約的有點兒痛。」再看看他的傷口，已經結成銅錢一樣大的疤，不久，便全好了。（改寫自〈畫皮〉）

【短評】

美色的誘惑，往往使人喪失心智。姓王的自己貪圖美色，卻讓他的妻子用極大的屈辱作代價。所謂「天道好還」，我們讀了能不戒惕嗎？

八、荒寺女鬼

浙江人寧采臣，生性豪爽，舉止方正，一向珍惜自己的羽毛。他時常對人說：「生平不好女色。」

有一次，他到了金華，在城北的一座寺廟裡歇腳。寺廟裡的大殿和寶塔建築得非常壯麗，可是雜草卻長得有一人多高，好像沒有什麼人來往。大殿的東角，是片竹林，大大小小的竹子，長得很茂密。台階的下面，有一個很大的池塘，池塘裡的野荷花正盛開著。東西兩面的僧房，門是虛掩著的，把門推開，裡面竟空無一人，觸目所見，盡是蛛網塵灰。

寧采臣想：「城裡的房租很貴，難得寺裡如此清幽，何不暫時在這兒落腳？」主意已定，便放下肩上的行李，在西面僧房住了下來。

那天夜晚，月亮分外的皎潔，月光像水色一樣。寧采臣初到一個環境，翻來覆去，怎樣也睡不著。他索興披起衣服，踏著月色，到處走走。他走到一個短牆底下，聽見有人竊竊私語，好像那裡有個住家似的；於是他就從牆的缺口，偷偷向外張望。

原來短牆的外面，是一個小院子，院子裡有一個婦人，大約四十來歲，還有一個老婆子，穿著褪色的長衣，頭上插著一把大銀梳，一副老態龍鍾的樣子，正跟那婦人在談話。

那婦人說：「小倩怎麼還未來？」

老婆子說：「差不多要來了。」

婦人又問：「是不是她又跟姥姥說了些埋怨的話？」

老婆子說：「沒聽她說什麼，只是看那樣子，好像有點不高興。」

婦人說：「這個丫頭可不是好對付的。」

話還未說完，就有一個十七八歲的女郎走過來，看上去十分漂亮。老婆子笑著說：「背地裡不說人家的是非。我倆正談著妳，妳這小妖精就不聲不響地來了。好在我們沒有說妳什麼壞話。」接著又說：「小娘子真像是畫中的美女，假如我是男人，我的魂魄也會被妳攝去的。」

那女郎撒嬌說：「姥姥不說我好，那還有誰說我好呢？」接著那婦人和女郎之間又不知說了些什麼話。

寧采臣以為這幾個女人都是鄰居的家眷，就不再聽她們談話，回去睡覺了。正要睡著，便覺得有人來到他睡的地方。趕忙從床上跳起來，仔細一瞧，竟是剛剛見過的那個女郎。他吃了一驚，問她來做什麼？

女郎說：「月色這樣美好，一個人實在睡不著，想跟你做個伴。」

寧采臣立刻板起臉孔說：「請妳放莊重些！妳不怕人家說閒話，我可是怕人家批評的。我寧某一向謹慎，絕不會因此把道德廉恥斷送！」

女郎說：「現在夜已深了，不會有人知道的。」寧采臣又拒絕了她。女郎退了幾步，還想說話。

寧采臣呵斥道：「趕快給我走！不然，我就要大聲嚷嚷了。」那女郎這才害怕，退了出去。

那女郎走到門外不久，又折了回來，手裡拿著一錠黃金放在寧采臣的褥子上。

寧采臣看都不看一眼，抓起來就往門外的台階上扔，生氣地說：「這種不義的東西，我還嫌它弄髒了我的行囊呢！」

女郎被他說得無地自容，不聲不響地走了出去；一面拾起黃金，一面自言自語地說：

「這漢子的心腸大概是鐵打的！」

第二天早上，有一個蘭溪（清代縣名，今浙江省蘭谿縣）書生，帶著一個僕人來到廟中，預備參加考試，住在東面的廂房裡。到了夜晚，他突然死了。只見他的腳掌心有個小孔，就像被錐子刺的一樣，血水一滴滴的從孔裡滲出來，大家都不知道是什麼原因。過了一夜，那個僕人也死了，症狀完全和他的主人一樣。

那天夜晚，那女郎又來了，她跟寧采臣說：「我的名字叫聶小倩，十八歲的時候就死了，葬在寺廟的旁邊，經常被那些妖怪脅迫，做些傷天害理的事。凡是跟我親近的人，我便暗地用錐子刺他的腳心，使他昏迷過去，然後再吸他的血，供那兩個妖怪飲用。或者拿些黃金去誘惑他——其實並不是真正的黃金，而是羅剎鬼的骨頭；只要對方接受了，就可以挖取他的心肝。金錢和女色，都是一般人所喜愛的。因為你剛正不阿，不為這兩樣東西所誘惑，所以才能逃過這次劫難。我也被您的人格所感化，決心擺脫那兩個妖怪的控制，不再害人。」（改寫自〈聶小倩〉）

【短評】

妖邪永遠勝不了正道；寧采臣所秉持的是讀書人的一種「慎獨」的工夫，所以才能排除美色與金錢的誘惑，也保住了自己的名譽和性命。

蘭溪書生的死，正與寧采臣的行徑，作了一個明顯的對照。

九、張氏兄弟

明朝末年，山東大亂，張炳之帶著妻小離開家鄉到他方去避難。走在半路上，他的妻子被亂兵搶走了。張炳之到了河南，便在那兒安家落戶，並娶了當地的一個女子為妻，生了個兒子名叫張訥。沒有多久，新娶的妻子也死了，他又娶了一個姓牛的婦人為繼室，生了個兒子名叫張誠。

這位牛氏非常的潑辣，視炳之前妻所生的張訥為眼中釘，把他當作奴隸一般的使喚。每天只給他吃一些粗惡的食物，並且要他去砍柴；如果砍不到一擔，就得挨打挨罵，那種日子簡直不是人過的。可是牛氏對自己的兒子張誠卻相當好，每天都藏些可口的食物給他吃，並且讓他跟私塾裡的老師讀書。

張誠漸漸地長大了，本性很孝順，對兄長也極敬愛，看到了哥哥的勞苦，很不忍心，背地裡常常勸母親不要那樣，母親總是不聽。

有一天，張訥上山砍柴，遇到了一場大風雨，就到巖石下躲避。等到雨停了，天也黑了，肚子裡餓得咕嚕咕嚕響，於是就揹著柴火回家了。

牛氏檢視一下，發現砍來的柴火不到一擔，非常生氣，不讓張訥吃飯；張訥餓得不得了，心裡就像是一團火在燃燒，走進臥室，直挺挺地躺著。

張誠從私塾裡回來，看到哥哥一副有氣無力的樣子，就問道：「哥哥可是生病了？」

張訥說：「病倒是沒有，只是肚子有點餓罷了！」張誠探問原因，張訥便照實地告訴他。張誠一聲不響，悽惻地離開了。

不久，張誠從懷裡拿出一塊餅來給哥哥吃，哥哥問他從哪裡得來的。張誠說：「我偷了麵粉請鄰婦做的，你只管吃，不要多說話。」

張訥吃了，囑咐弟弟說：「以後可別這樣子，被母親發現了，恐怕會連累到你。況且，每天吃一頓，也不至於餓死呀。」

張誠說：「哥哥身體向來就衰弱，不吃東西，怎麼能砍那麼多的柴？」

第二天，吃過了早飯，張誠就偷偷地上山，到哥哥砍柴的地方。哥哥見了，驚訝地

問：「弟弟，你要幹什麼？」

張誠回答說：「我是來幫哥哥砍柴的。」

張訥又問：「是誰叫你來的？」張誠說：「是我自個兒來的。」

哥哥說：「且不說弟弟不會砍柴，你即使會，還是不行的。」於是便趕弟弟回去。

張誠不肯，執意要幫哥哥把柴火折斷。他並且說：「明天我還會帶斧頭來。」

哥哥走上前去阻止他。看到他的指頭刮破了，鞋子也穿孔了，悲痛地說：「你再不趕快回去，我就用斧頭砍斷自己的脖子！」張誠這才回去。張訥送到了半途，才回到自己砍柴的地方。

張訥砍完柴火回去，到私塾中囑咐張誠的老師說：「我的弟弟年紀小，請不要讓他亂跑，山裡的老虎多極了。」

老師說：「今兒上午，他不知道跑到哪兒去了，我已經打了他幾板子。」

張訥回去告訴張誠說：「不聽我的話，今天可挨板子了。」張誠笑著說：「沒這回事。」

第二天，張誠藏著斧頭又到山裡去。哥哥驚駭地說：「我一再地告訴你別來，為什麼老是不聽話呢？」張誠也不答腔，只是拚命的砍柴，汗水流滿了下巴，也不肯稍微休息。

大約砍足了一綑柴火，就不聲不響地回去了。

老師又責罰他，張誠便把實情告訴老師。老師讚歎他的孝友，也就不再禁止他。哥哥屢次勸阻他，他終究不肯聽從。

有一天，張家兄弟和一些人在山中砍柴，冷不防地來了一隻老虎，眾人害怕地伏在地上，老虎居然把張誠給啣走了。老虎啣著人，行動比較緩慢，被張訥追上，用斧頭猛力砍去，砍中了老虎的大腿。老虎痛得拚命地跑，張訥追趕不上，便失去了弟弟的蹤跡，只好痛哭著回家。

眾人越是寬慰他，他哭得越是悲傷。他說：「我的弟弟，可不同於別人家的弟弟，何況他是為我而死，我還活著幹什麼！」於是就用斧頭砍自己的脖子。眾人雖然急忙地拉住他，可是斧頭已經深入了肉中一寸左右，鮮血直冒，人跟著昏迷了過去。眾人看到這種情形，非常害怕，就撕裂衣服把他的傷口紮起來，一起扶著他回家。

牛氏見到了，又哭又罵：「你害死我的兒子，想要用這種方法來抵償你的罪過嗎？」

張訥呻吟著說：「母親，您別煩惱。弟弟死了，我也一定不會活下去的。」眾人把他放在榻上，傷口痛得不能睡覺，只是日以繼夜地靠著牆壁，坐在那兒哭泣。

父親恐怕他也要死去，經常來到榻前餵東西給他吃。牛氏看到了，又是百般地責罵，

張訥因此也就不吃東西了。過了三天，病況更加沉重，便昏迷了過去。恍惚之間，張訥彷彿來到一處曠野，抬頭望去，看見雲端站著一位巨人，光芒照徹上下，張訥知道是菩薩顯現，慌忙下跪。菩薩用楊柳枝遍灑甘露，水珠細小得像塵霧一般，不久，霧不見了，光也消失了。

張訥覺得頸上沾了露水，傷口也不再作痛，便悠悠地醒了過來。其實，他已經昏迷兩天了。他摸摸頸上的創痕，竟然奇蹟似地癒合了。

他自己勉強地站起來，拜見父親說：「我縱然上天下海也要把弟弟找到；如果找不到，我這一輩子再也不回來了，希望父親只當我這個兒子已經死了。」他的父親把他引到沒人的地方，痛哭了一場，也不敢把他留下來，張訥便走了。

張訥每到一個交通要道，就探訪弟弟的消息；路上盤纏用光了，就一邊乞食，一邊尋找。過了一年，到了金陵（古地名，今江蘇省江寧縣），衣裳千孔百結，破爛得不得了。

有一天，他縮著身子在路上走，適巧碰見十幾個人騎馬經過。他慌忙地閃避到路旁。其中有個人作官長打扮，年齡約四十來歲，矯健的士卒、雄壯的馬匹，在前後簇擁著。另外一個年輕人，騎著一匹小馬，不斷地回頭看張訥。張訥以為他是一位貴公子，不敢抬頭看他。

年輕人忽然停在張訥跟前，從馬背上跳了下來，叫著說：「這不是我哥哥嗎？」張訥抬起頭來端詳，居然就是他的弟弟張誠。他握著弟弟的手，痛哭失聲。

張誠也哭著說：「哥哥怎麼落魄到這般田地？」

張訥把經過情形說了一遍，張誠更加地悲痛。那些騎在馬上的人都下來問明原因，向官長報告。官長下令空下一匹馬來給張訥騎。這樣，一直回到官長的家中，張誠才說明了事情的始末。

起初，老虎把張誠啣走了，不知在什麼時候，把他放在路邊，他在路邊整整地挨過了一夜，正巧張別駕（為州郡首長的佐官，也稱通判）從都城回來，經過他身旁，見他相貌斯文，動了憐憫之心，就把他救醒了。

張誠醒來之後，雖曾提到他所居的鄉里，可是由於距離此地已很遙遠，別駕便用車子把他載回去。又用藥塗抹他的傷處，過了幾天才痊癒。別駕沒有兒子，就收了他做養子。所以剛才跟別駕出來遊玩。

兄弟倆正說著，張別駕進來了，張訥拜謝不已。張誠進入房中，捧著綢衣出來給哥哥穿，並且擺好酒席，邊吃邊談。

別駕問道：「你的家族在河南，有多少人口？」

張訥說：「沒有。父親本來是山東人，後來流落在河南。」

張別駕說：「我也是山東人。你的鄉里歸哪裡管轄？」

張訥回答說：「曾聽父親說過，歸東昌縣（今山東聊城縣）管轄。」

張別駕聽了吃驚地說：「你是我的同鄉啊！你家又為什麼要搬到河南去呢？」

張訥說：「明朝末年，清兵入境，把父親的原配擄走了。父親因為遭到戰火而傾家蕩產。他早先在西部道上做買賣，來往都經過河南，所以對那兒很熟悉，便在那兒定居下來。」張別駕瞪大了眼睛望著他，又低下頭，好像有幾分懷疑，而後急忙地走進了內室。

沒有多久，太夫人出來了。大家圍著拜見她，行過了禮，太夫人問張訥說：「你是張炳之的孩子嗎？」張訥回答說：「是的。」

太夫人大哭了起來，告訴張別駕說：「他是你的弟弟呢！」張訥兄弟聽了，如同丈二金剛，摸不著頭腦。

太夫人說：「我嫁給你們父親的第三年，逃避戰禍流離到北方，跟一個名叫黑固山的指揮（清代武官的名稱，地位、權任都輕，並不實際統轄兵馬）生活了半年，生下你們的哥哥。又過了半年，黑固山死了，你們的哥哥因為他父親的庇蔭補了這個官職，現在已經卸任。我時時刻刻都懷念著家鄉，於是更正了戶籍，恢復了舊姓。每次派人到山東去打

探，都得不到一點兒音訊，哪裡知道你們父親又西遷了呢？」於是又跟張別駕說：「你把弟弟當作兒子，實在罪過！」

張別駕說：「從前我問過誠弟，誠弟未曾說過他是山東人，大概是年紀小，記不得了。」於是依年齡為序：張別駕四十一歲，是老大；張誠十六歲，最小，是老么；張訥二十二歲，由老大改為老二。

張別駕得了兩個弟弟，非常高興，又跟他們一起居處，完全了解了離散的根由，就打算一道回去，太夫人怕不被牛氏接納。

張別駕說：「肯接納，我們就在一起生活；不肯接納，我們就分開來住。天下哪裡有個沒有父親的地方？」於是賣了房舍，整治行裝，決定了日期，向西出發。到了鄉里之後，張訥和張誠先跑去稟報父親。

他們的父親自張訥離去後，牛氏不久也死了，成了一個孤獨的老頭兒，每天伴著自己的影子過活。忽然看見張訥回來，喜出望外，恍恍惚惚地驚疑起來；又看見張誠，高興得不得了，竟然一句話也說不出，眼淚簌簌地流了下來。

兄弟二人又告訴張別駕母子來到，老頭兒聽了，止住了眼淚，非常驚訝，一時不知道該喜，還是該悲，只是癡癡地站著。不久，張別駕進來，拜見過父親；太夫人也進來拉著

老頭兒的手相對而哭。張誠見不到母親，一問才知道已經死了，哭得昏了過去，過了一頓飯的工夫才醒過來。

從此，這個分散的家庭又團圓了，一家大小又過著快快樂樂的日子。（改寫自〈張誠〉）

【短評】

這是一篇感人至深的小說，蒲松齡自己說，在完稿的時候，曾經為它一再流淚。那兄弟間純摯的親情，家人分散的悲哀，以及重逢的驚喜，在在地震動我們的心弦。

生活在一個天倫美滿的家庭裡，我們能不珍惜這份幸福嗎？

十、口技

村子裡來了一個女子，年齡約二十四、五歲，帶著一口藥箱，以替人看病為業。有人到她那兒去求診，那女子並不能親自開處方，一定要等到夜晚，向神仙請示以後，才能決定用藥的種類和分量。

到了夜晚，她把小房間收拾得乾乾淨淨，然後在裡面閂起門來。旁的人既然進不去，便圍在門窗外面傾聽，他們只敢小聲的交談，連咳嗽都不敢太大聲。一時門裡門外，靜悄悄的，沒有一點兒聲息。

大約到了半更天的時候，忽然聽到掀開門簾的聲音。那女子在裡面說：「九姑來了嗎？」

另外一個女子回答說：「來了。」

那女子又說：「臘梅，妳也跟著九姑來啦？」

這時，有一個婢女般的聲音回答說：「是的，我也跟著來了。」於是三個女子便你一言、我一語的，絮絮叨叨個沒完沒了。

不久，又聽到了簾鉤響動的聲音，那女子說：「準是六姑來了。」

接著便聽到大家亂哄哄地說：「春梅，妳也抱著小少爺來啦？」

那個被喚為春梅的女子回答說：「這孩子的脾氣真拗！哄著他，他也不肯睡，一定要跟著太太來。又長得胖嘟嘟的，抱得我累死了。」

接著，傳出那女子熱忱招待的聲音，九姑問候的聲音，六姑寒暄的聲音，兩個婢女互相慰問的聲音，小娃娃嘻笑的聲音，七嘴八舌地吵成一團。隨後，又聽到女子笑著說：「這孩子真好玩，居然打老遠的地方抱了一頭小貓來！」

漸漸地，聲音沉寂了下去。忽然，簾子又響了起來，這時候，整個房裡的人都起鬨說：「四姑怎麼來得這麼晚？」

只聽到有一個女子細聲細氣地回答說：「一千多里的路，同姑姑走了這麼久才到。妳們又不是不知道，姑姑走得有多慢！」

於是，互相嘘寒問暖的聲音，移動椅子的聲音，命人添加座位的聲音，此起彼落，整個房間鬧哄哄的。約莫過了一頓飯的時間，才靜了下來。

接著，便聽到那女子詢問大家，病要怎麼治法？九姑認為該用人參，六姑認為該用黃芪，四姑認為該用白朮。研商了一會兒，便聽到九姑叫人把筆硯拿過來。

沒有多久，就聽到折紙頭的「嘁嘁」聲，放銅筆套的「錚錚」聲，磨墨的「隆隆」聲；接著，又聽到丟下筆，筆桿碰到桌子的「喀喀」聲，以及撮藥、包裹的「窣窣（ㄙㄨˋ sù）」聲。過了一會兒，那女子推開門簾出來，把藥和藥方交給了病人，然後轉身走回房裡。

她回到房裡以後，就傳出三個姑姑告別的聲音，三個婢女告別的聲音，小娃兒咿咿啞啞的聲音，小貓兒「喵喵」的聲音。

九姑的聲音清脆而嘹亮，六姑的聲音緩慢而蒼老，四姑的聲音嬌嫩而婉轉；其他三個婢女的聲音，也各有特色，可以很清楚地分辨出來。

起初，人們還很驚奇，以為她是神呢！後來，試試她所開的藥方，並沒有什麼效驗。

這大概就是所謂口技，她不過藉這個玩藝兒來招攬生意罷了。可是，她的本領也夠叫人佩服的了。（改寫自〈口技〉）

【短評】

「口技」是一種民間技藝，蒲松齡以極精簡的文字來描繪極抽象的聲音，使我們由聲音的描寫，再想像到故事中人物的動作和面貌，教我們不得不佩服他卓越的藝術才能。

十一、柳家的盛衰

保定（清府名，府治在在今河北省清苑縣）有個名叫柳芳華的富豪，為人非常慷慨，又喜歡結交朋友，家裡經常供養著百把個客人。只要聽說某人有了困難，他就急得像自己的事情一樣，縱然是花上千把兩銀子，也在所不惜。他的一些食客和朋友，見他大方，借了錢也就往往不還。只有一個名叫宮夢弼的陝西人，向來對他沒有什麼需索。他每次到柳家來，一住就是一年。他的談吐非常脫俗，柳芳華很是敬重他，跟他十分親近。

柳芳華只有一個兒子，名叫柳和，那時大約十來歲，一向稱呼宮夢弼為叔叔。宮夢弼也喜歡跟這個小侄兒玩。每次柳和從學堂裡回來，就同他作埋黃金的遊戲——把地磚翻開來，然後把石子當做黃金埋下去。柳家的五棟房屋，被他們挖挖埋埋的，幾乎沒有一塊地

方是完好的。大家都笑宮夢弼孩子氣，只有柳和喜愛他，比對待其他客人要親熱得多。

過了十多年，柳家漸漸空虛了，沒法子再供應許多客人的需索，客人也就一天天地少了起來。可是十幾個人在一塊兒通宵的吃喝清談，還是常有的事。這樣，挨到了年終歲尾，日子就更加不容易打發了。

柳芳華一向不善經營，只有陸陸續續把土地賣掉，用它的收入來供養客人。柳和也素來揮霍慣了，學著他父親的樣兒，結交一些年輕朋友；柳芳華並不加以阻止。

不久，柳芳華病死了，家裡居然連買棺材的錢都拿不出來。宮夢弼便自掏腰包，替柳家料理喪事。因此，柳和也就更加感激他，事情不論大小，統統請宮叔叔決定。

宮夢弼從外面回來，衣袖裡時常帶著一些瓦片，到家以後，就把它往陰暗的角落裡一扔，大家也不明白是什麼意思。

柳和常常對宮夢弼叫窮。宮夢弼說：「你還未吃過苦，不知道生活的艱辛。不要說你現在沒有錢，就是給你一千兩銀子，你也可以馬上把它花個精光。一個男子漢，怕的是不能自立，貧窮有什麼可憂的呢？」

有一天，宮夢弼來跟柳和辭行，說要回家鄉去。柳和心裡很難過，淚眼汪汪地求他早些回來，宮夢弼「嗯」了兩聲就走了。

過了一陣子，柳和窮得連自己的生活都維持不下去了，典的典、當的當，一些值錢的東西都搞光了。每天眼巴巴地望著宮夢弼回來，好替他張羅張羅，可是宮夢弼居然銷聲匿跡，連個人影兒都看不到了。

從前柳芳華在世的時候，曾經為柳和跟無極（清縣名，今河北省無極縣）的黃家訂過一門親事。黃家環境很好，後來聽說柳家窮了，就有了反悔的意思。柳芳華死了，給他家報喪，居然沒有一個人來弔慰。

當時，柳和還以為是路途太遠的關係，也就沒有把這件事放在心上。等到柳和三年喪滿，他母親便叫他到岳家去，商決一下婚期；同時也希望黃家能同情他們的處境，稍微照顧一下。

柳和到了黃家，他岳父聽說他穿得破破爛爛的，就叫門房不要放他進來。並且傳話給他說：「回去籌一百兩銀子，就可以再來；要是籌不到的話，兩家從此一刀兩斷！」柳和聽了，號啕大哭。

黃家對門有一個姓劉的老太太，見他可憐，就留他吃飯，並且送給他三百個銅錢，寬慰了一番，勸他回去。

柳和母親聽說黃家這樣的薄情寡義，也非常地悲憤，可是一時也沒什麼法子可想。

後來她想起從前來往的一些客人，欠他們家錢不還的有十之八九，就叫柳和找幾個環境好的，去請他們幫幫忙。

柳和說：「從前那些人跟我們交往，都是為了我們家的錢。假如我今天還是高車大馬的，就是借上千把兩銀子，也不會難到哪裡去。像目前這種景況，誰還會想到從前給他的好處？誰還會記得過去的交情？況且，父親拿錢給人家，一不要保證，二不要收據，憑什麼找人家還錢？」話雖如此說，母親還是叫他去試試。柳和也就照著母親的話做了。他前後跑了二十多天，都沒有弄到一分錢。只有一個戲子名叫李四的，曾經受過柳芳華的好處，聽到了這種情況，慷慨地送了他一兩銀子。母子倆見借不到錢，便摟抱著痛哭了一場。從此，一切的指望都沒有了。

黃家女兒已經十五、六歲了，聽說父親和柳和斷絕了關係，心裡很不以為然。她父親要她嫁旁人。她流著眼淚說：「柳公子不是生來就貧窮的。假如他現在比從前更富有，誰能從他那裡把我搶走呢？因為一時的貧窮就拋棄了他，這是很不厚道的！」她父親很不高興，百般地開導她，她的意志還是不動搖。

沒有多久，黃家遭到盜匪的搶劫，老夫婦二人受盡了苦刑，幾乎送掉老命，家裡的錢財也被搜刮一空。輾轉又過了三年，家道更加衰落。這時，有一個在西面道上做買賣的商人，聽說黃家女兒長得很美，便送了五十兩銀子給黃老頭作聘禮，黃老頭貪圖那筆錢財，就答應他的要求，準備強迫自己的女兒嫁給他。

黃家女兒發現了父親的企圖，便故意弄破衣服，又把臉孔塗得髒兮兮的，趁著夜晚逃走了。她一面走，一面討飯，經過兩個月，才到達保定。她打聽到了柳家的地址，便直接找上門來。

起先，柳和的母親還以為她是個女叫化子，所以吆喝她走。那黃家女兒便把事情的經過講了一遍，柳和的母親聽了，感動得流下淚來，抓緊她的手問道：「兒啊！妳怎麼變得這副模樣呢？」黃家女兒又神情黯然地把原因告訴她，婆媳兩人摟著痛哭了一場，柳和的母親便招呼她去洗沐。洗好出來，又露出了姣好的臉孔，眉目之間散發著動人的光彩。柳和跟他的母親，都很高興。可是一家三口，每天只能吃一頓飯。

母親流著淚說：「我們母子倆是命中注定要過這種窮日子的，我難過的是，拖累了妳這個好媳婦。」

媳婦笑著寬慰婆婆說：「媳婦也討過飯、吃過苦，拿我從前的生活跟現在相比，就好像從地獄升到天堂裡呢！」說得婆婆笑了起來。

有一天，媳婦到空房子裡去，看見滿屋都是塵埃，黑暗的角落裡好像有什麼東西堆積

著，用腳一踢，居然踢不動，拾起來一看，統統是上好的銀兩。她大吃一驚，便跑去告訴柳和。

柳和跟著她一同來看，原來那宮夢弼從前所扔的瓦片，全變成了白花花的銀子，於是柳和記起了小時候曾經跟宮夢弼叔叔在屋裡埋石子的事，心想：「那些石子該不會都變成白銀吧？」可是那老房子已經押給鄰居了，於是他趕忙去把它贖了回來。他看見地磚有的已經斷裂殘缺了，底下所埋的石子，清清楚楚地露了出來，他感到非常失望。等到挖開其他的地磚一看，底下果然是白亮亮的銀錠。

轉眼之間，他又成了百萬富翁。於是便把賣出去的田產贖了回來，又買了一些奴僕，家裡比從前還要豪華氣派。他自我勉勵道：「如果不能自立，便辜負了我宮叔叔的安排！」於是他立志讀書。

柳和苦讀三年之後，考上了舉人。這時，他想起了雪中送炭的劉老太太，就帶了一百兩銀子親自去酬謝她。他的衣服鮮豔耀眼，在後面跟隨的十幾個僕人，個個都騎著高頭大馬。劉老太太只有一間小屋，柳和便坐在床上和她敘舊。一時人叫馬嘶，充塞了整個巷子。

再說那黃老頭，自從女兒失蹤以後，那商人就逼著他退還聘金。可是，他已經把錢花得只剩一半了，只好把自己住的房子賣掉來還債。因此，他窮困的情形，跟從前的柳和差不多。他聽說從前的未婚女婿非常風光，只好關起門來自怨自傷一番。

這一廂劉老太太又買酒，又備飯，熱忱地招待柳和。她盛讚黃家女兒的賢德，而且對於她的失蹤很感到惋惜。她問柳和娶妻沒有，柳和說已經娶了。

吃完了飯，柳和堅持邀請劉老太太去看看他的新媳婦，用車子載著她一起回家。到了家裡，柳和的妻子盛妝而出，在丫鬟們的簇擁下，就像天仙一樣。劉老太太見了，大吃一驚，於是兩人便談起過去的事來，黃家女兒一再關切地問起她父母的生活狀況。

劉老太太待了幾天，柳家招待得無微不至，給她趕製了幾套衣服，從頭到腳都是新的，這才把她送了回去。

劉老太太回去以後，就到黃家去，把他們女兒的近況說了一遍；同時把她請安的話也帶到了。黃老頭夫婦聽了，大吃一驚。劉老太太見他們日子難過，就勸他們去投奔女兒，黃老頭覺得拉不下臉來。後來，那又凍又餓的日子，委實受不了，黃老頭才硬著頭皮到保定去。

他到了柳家，看見房屋又高又大又美麗，門房眼睛鼓得大大的，整天都不給他通報。後來看到一個婦人出來，黃老頭便低聲下氣地把姓名告訴她，請她偷偷通知女兒。

那婦人進去了一會兒，又走出來，把黃老頭引到一間偏房裡，對他說：「少奶奶很想來見您老人家，可是怕少爺知道了不高興，一有機會就會來看您。老爺子幾時到保定的？該餓了吧？」

黃老頭於是把自己的苦況說了一說，那婦人便拿了一壺酒、兩碟小菜、五十兩銀子放在黃老頭的前面，跟他說：「少爺正在房裡宴客，少奶奶恐怕來不成了。明天早上您最好早一點兒走，不要讓少爺曉得。」黃老頭滿口答應了。

第二天，黃老頭一大早起來，收拾好行李要動身回家，可是大門還未打開，他只好守在門的中央，坐在行李上等著開門。忽然，有人嚷著主人出來了，黃老頭閃避不及，被柳和撞個正著。柳和責問他是什麼人？僕人都沒法子回答。

柳和光火地說：「這傢伙一定不是好東西，快把他綁起來送到官府去！」

那些僕人們應聲出來，不由分說，便用一根短繩把他結結實實地綁在樹上。黃老頭又慚愧，又害怕，一句話也說不出來。

不久，昨天那個婦人出來了，她跪著說：「他是我的舅爺，因為昨天夜裡來晚了，所以未向主人稟告。」

柳和叫人鬆綁，婦人把黃老頭送出門說：「我忘記告訴門房，以致弄出了差錯。少奶奶說，要是想念她，可以請老夫人假扮成賣花的婦人，同劉老太太一起來。」黃老頭答應了。

回去以後，便把這些話告訴老婆子。老婆子很想念女兒，就急巴巴地去找劉老太太，劉老太太果然答應了她的請求，跟她一起到柳家來。她們一連經過了十幾道門，才走到女兒的住處。

她女兒上半截罩著披肩，下半截穿著綺羅，滿頭珠光寶氣的，身上散發著沁人的幽香。她的嘴巴輕輕地動了一下，那些丫鬟、使女，老的、少的統統跑過來侍候。她們把金飾的靠椅搬過來讓她躺著，並且在她旁邊擺了一對竹夫人（用竹片編成，夏日放在床頭，供人抱著取涼的一種器物）。

伶俐的丫鬟泡茶的泡茶、捶背的捶背，那種氣派和享受，連王公貴族的夫人都比不上。老太婆和女兒當著眾人的面，有許多話都不便明說，只能噓寒問暖一番，兩人眼裡都閃著晶瑩的淚光。

到了晚上，女兒叫人清理了一個房間，安頓兩位老人家住宿，那又輕又暖的被褥，就是從前富裕的時候也未曾蓋過。住了三、五天，女兒招待得非常周到，老太婆常把女兒引到沒人的地方，痛哭流涕地懺悔從前的不是。

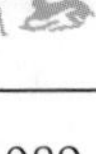

女兒說：「我們娘兒兩個，有什麼錯處不能忘掉呢？只是你女婿那兒到現在還是氣憤難消，暫時不讓他知道也好。」因此，每次柳和一來，老太婆便遠遠地避開了。

有一天，母女兩人正挨著坐，柳和突然走了進來，見了這般情景，非常生氣，就罵道：「那裡來的鄉下老太婆，竟敢跟少奶奶坐在一處！該把妳頭上的幾根毛全部拔光！」

劉老太太連忙解釋說：「這是我的親戚，賣花的王嫂。請少爺不要見怪！」

柳和聽了，趕忙跟劉老太太道歉。坐下來以後，便問她說：「老媽媽來了幾天，我因為太忙，一直沒跟您老人家談談。黃家那兩個老東西，還沒死吧？」

劉老太太回答說：「身體倒還硬朗，只是窮得像鬼一樣。少爺您現在已經大富大貴了，怎麼不看在岳婿的情分上照顧他一點兒？」

劉老太太的這番話，又勾起了柳和的舊恨，他拍著桌子道：「從前要不是老媽媽賞我一碗粥吃，我恐怕老早就死在外頭了。想起他們那時候的薄情寡義，現在恨不得剝了他們的皮當著墊子睡！我為什麼還要管他們的死活？」說到激動的時候，便跺腳大罵！

他妻子覺得他太過分了，就生氣地說：「他們就是再不厚道，也是我的父母。我從老遠的地方來投奔你，手起了繭，腳趾頭也磨破了，自認沒有什麼對不起你的地方，你怎麼可以當著我的面罵我的父母呢？」

柳和想想，妻子說的也是，這才收起怒容轉身離開。黃老太婆又慚愧、又懊喪，便告辭回家，女兒又偷偷地送了她二十兩銀子。

黃老太婆回去以後，好久都沒有音訊。做女兒的深深地惦掛著她的父母，柳和便派人把他們請了來。那兩個老夫妻羞愧得無地自容。

柳和道歉說：「去年兩位老人家來，家裡的人都沒有跟我說，害我在無意間得罪了您們。」那黃老頭只是含糊地答應著。

柳和便叫人替他們換上新衣新鞋；留他們住了一個多月，早晚都到跟前請安，就像對自己的父母一樣。可是兩位老夫婦，終究覺得心裡不安，便一再地要告辭回家。

柳和眼看沒有法子挽留，便孝敬他們五百兩銀子，派車馬把他們送回去。他們得了這筆銀子，晚年的生活也過得寬裕了。（改寫自〈宮夢弼〉）

【短評】

社會有冷酷的一面，更有溫暖的一面。在柳家興旺的時候，固然是食客盈屋；在破落的時候，仍然得到少數人的支持或關注。

這個故事的題材雖然極為庸俗，然而蒲松齡卻用一支生花妙筆，把那些薄情寡義的人物的嘴臉，刻劃得淋漓盡致。至於患難中的真情，更顯得珍貴無比。

十二、山中仙緣

山西人羅子浮，八、九歲的時候，父母就過世了，便依靠叔父羅大業過活。大業當時在教育部門做官，環境不壞，由於沒有子嗣，所以很疼子浮，把他當作親生兒子一樣看待。可是子浮卻不太爭氣，十四歲的時候，由於受了壞人的引誘，偷了家裡大把的金錢，逃到金陵去了。

他在金陵，每天東遊西蕩的，不幹一點兒正經事。不久，帶在身邊的金錢用完了，自己也染上了一身毒瘡，只好靠乞討度日。由於滿身膿臭，街上的人見到了，都遠遠地避開他。

子浮深怕自己會死在異鄉，就一邊乞討，一邊向西走；每天走上三、四十里，漸漸地

到了山西邊界。可是他一想到自己衣衫襤褸，滿身膿汙，便失去了回家的勇氣，始終在鄰近的幾個鄉邑打轉。

有一天，太陽漸漸西沉了，子浮預備到山寺中去過夜。在路上，遇到一個女郎，容貌像仙女一樣的美麗。女郎走過來問他到哪兒去，子浮照實回答了。

女郎說：「我叫做翩翩，是個修行人，住在山洞裡，可以找個地方給你住，在那裡，可以不必擔憂虎狼的襲擊。」子浮大喜過望，就跟著翩翩走了。

走到深山中，看見一個洞府。洞口橫著一條溪水，水上跨著一座石橋。又走上幾步，看見兩間石屋，通室光明，完全用不著燈燭。

翩翩叫子浮把破衣服脫了，在溪流裡洗個澡。

翩翩說：「只消泡一泡，身上的瘡自然會好的。」又拉開簾幕，弄乾淨床褥催他去睡。說：「你可以睡了，我要給你做條褲子呢！」

翩翩拿了像芭蕉葉一樣的大葉子，剪剪縫縫地做起衣服來。子浮躺在床上看著她做衣服，不到片刻，衣服就做好了。她把衣服摺疊整齊放在床頭，並且吩咐子浮天亮以後拿來穿，然後就在對面床上睡了。

子浮自從在溪水中洗過澡後，突然覺得傷口不痛了，摸一摸，居然已經結了疤。一覺醒來，天也亮了，心裡暗暗地疑惑，那芭蕉葉子怎麼能穿？可是取過來仔細一看，竟是滑溜溜的綠色錦緞。

不久，翩翩預備好早餐。翩翩拿了山中的樹葉當作餅，吃起來就跟真餅的味道一樣。又把葉子剪成雞、魚的形狀，吃起來也和真的雞、魚味道沒有什麼不同。屋角有個罈子，儲存著美酒，他們時時地舀來喝；每喝掉一些，溪水就自動補充一些，一點兒也沒有增減。

在翩翩的照拂下，子浮的瘡疤很快就完全地脫掉了，又恢復從前那副清秀的模樣。子浮對於翩翩很是感激，翩翩也覺得他本質還不壞，彼此竟產生了情愫，成了夫妻。

有一天，一個少婦忽然來到了洞中，笑著對翩翩說：「翩翩，你這小鬼頭可真快活，把人給羨慕死了！」

翩翩迎過去笑著說：「花城娘子，久不見芳駕光臨，今天可是西南風吹得緊，把你吹送過來了！生個小兒子了吧？」

花城娘子說：「不瞞你說，我又生了個女娃兒。」

翩翩取笑道：「花城娘子，你可真是個瓦窰（古時稱生女兒為弄瓦，故戲稱專生女兒的婦人為瓦窰）！為什麼不抱來玩玩？」

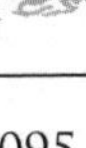

花城娘子說：「剛剛哭了一會兒，已經睡著了。」於是主客一起坐下來喝酒。

花城娘子打量了子浮一會兒說：「你這小伙子，是哪世修來的好福氣！」子浮也打量一下花城娘子：年齡大約二十三、四歲，風姿撩人，不覺心裡有了幾分愛慕。剝果子吃的時候，故意失手讓果子掉到桌子底下去，趁著拾果子的機會，偷偷地在花城娘子的腳上捏了一把。

花城娘子只是看著別處笑，一副若無其事的樣子。子浮正在神魂顛倒的時候，忽然覺得身上的袍褲冷冰冰地，一點暖氣也沒有。再看看自己所穿的，竟統統成了秋天的黃葉。他心裡嚇得不得了，直挺挺地坐了一會兒，衣服才漸漸變成原來的樣子。暗中慶幸兩個女子沒有發覺他身上的變化。

過了一會，在碰酒杯的時候，子浮又趁機用指尖去搔花城娘子白細的手心。花城娘子很大方的談笑，好像一點兒都沒有察覺。當子浮的心跳得正厲害的時候，他身上的衣服竟又化為枯葉子；過了半天，才恢復原狀。於是深深地省悟到自己的卑劣，摒絕了不該有的邪念。

花城娘子笑著說：「妳家這一口子，不太規矩！如果不是妳這個醋罈子管著他，他恐怕要上天咧！」

翩翩也冷冷一笑說：「這個無情無義的東西，該讓他凍死的！」兩人拍手大笑起來。

花城娘子起身告辭說：「我那丫頭要是醒了，恐怕要哭斷腸子呢！」

翩翩也站起來打趣說：「只管在這裡勾引人家男人，哪裡還想得到小江城哭得死去活來？」

花城娘子走了之後，子浮很怕翩翩會責罵他，可是翩翩始終對待他跟平常一樣。日子一天一天地過去，秋深了，風也冷了，霜打在樹上，葉子一片一片地落了下來。翩翩拾起落葉，存些好的來禦寒。她看到子浮有些怕冷，就拿了一方布巾，再拾取洞口的白雲，當做棉絮塞在他的衣服裡，穿起來經常像新棉一樣的溫暖輕軟。

又過了一年，翩翩生了一個兒子，非常聰明，子浮和翩翩每天在洞中以逗兒子為樂。可是子浮卻常常想念故鄉，就要求翩翩和他一同回去。翩翩說：「我是不能跟你回去的；要不然的話，你就自個兒回去好了。」

這樣因循了二、三年，兒子也漸漸長大了，便與花城娘子訂為姻家。這時，子浮還是經常記掛年邁的叔叔。翩翩說：「阿叔的年紀固然很大了，幸虧還很健壯，你不需要牽腸掛肚的。等到保兒完婚以後，去留就可以隨你的便了。」

翩翩在洞中，往往取些樹葉來寫成書叫保兒念，保兒過目即能成誦。翩翩說：「我這

兒子長得一臉福相，如果讓他到塵世間去，不怕沒有大官做呢！」

又過了些時候，保兒十四歲。花城娘子親自把女兒送來。女兒打扮得很美，容光照人。子浮夫妻很高興，全家在一塊兒喝酒慶祝。翩翩用釵子敲著桌面歌唱道：

我有個好兒郎呀，
不羨慕厚祿高官。
我有個好媳婦呀，
不羨慕綾羅綢緞。
今晚的聚會呀，
大家都應該盡歡！
我為你們斟酒呀，
希望你們努力加餐！

花城娘子走後，父子兩對，各在對屋居住。新媳婦很孝順，依戀著公婆，就如同公婆自己生的女兒一樣。

羅子浮又提到回去的事。翩翩說：「你生就一副凡夫俗子的骨頭，終究不能成仙；保兒也是富貴中人，你可以帶他走，我不想耽誤他的一生！」

新媳婦想要跟她母親告別，花城娘子正好也來了。兒女們都依依不捨，眼淚簌簌地流了下來。兩位母親安慰他們說：「姑且去一陣子再說，還是可以回來的呀！」於是翩翩就把樹葉剪成了驢子，讓三個人騎著回去。

這時候羅大業已告老退休，過著悠遊的林泉生活。他原以為姪兒早已死了，忽然見他帶了漂亮的孫子和孫媳回來，高興得像得了寶貝一樣。

子浮他們三人一進門，各自看看所穿的衣服，竟然統統變成了芭蕉的葉子；再把衣服拆開來看，裡面的棉絮都化成了白雲，冉冉地飄走了。於是大家一同換上了人間的衣服。

後來，子浮思念翩翩，帶著兒子一起去探視，只見黃葉滿徑，白雲瀰漫，再也找不到原來的地方了。（改寫自〈翩翩〉）

【短評】

這是一篇美麗的寓言，充滿了奇幻的色彩。羅子浮雖然是個紈袴子弟，但是他一旦

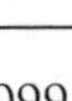

幡然悔改，仍能得到仙女的垂青。在這裡，膿瘡所代表的是他的齷齪的靈魂；洗濯它的溪流，正是人類高尚的情操和德義。

一個切實領會生命真旨的人，就譬如故事中的女主角翩翩一樣，葉可以餐，雲可以衣，無處不是仙境。

十三、稚子的靈魂

明朝宣宗宣德（一四二六—一四三五）年間，宮廷裡流行鬥蟋蟀的遊戲，每年都要下命令叫老百姓繳納許多蟋蟀。

這玩藝兒本來不是西部的出產。華陰縣（今陝西省華陰縣）的縣官為了討好他的長官，貢獻了一隻這種蟲子，上面的人試過之後，發現牠很會鬥，因此命令華陰縣常常供應。縣官往下面壓，要求鄉長辦好這件差使。一些游手好閒的少年，捉到了好的蟋蟀就關在籠子裡養，提高牠的價錢，當做珍貴的物品賣出。鄉里那些狡猾的差官，假借催繳蟋蟀的名義向老百姓詐財，鄉民們每每為了一隻蟋蟀，弄得傾家蕩產。

有個叫成名的書生，為人忠厚老實，好幾年都沒有考上秀才，於是那些狡猾的差役便

欺負他，推舉他做鄉長；他想盡了辦法，也無法逃脫這個苦差使。不到一年，一點微薄的產業都貼光了。

又到了繳納蟋蟀的時候了，成名老實，不敢向鄉民徵收，而又沒有錢可以貼補，簡直焦急得要自殺。

他的妻子說：「自殺又有什麼用呢？還不如自己去尋找，說不定捉到那麼一隻，不是很好嗎？」成名覺得妻子說得很有道理，便早出晚歸，提著竹筒和籠子，跑到亂土堆、雜草叢裡，挖開石頭，掘開洞穴，什麼地方都找遍了，任何法子都用盡了，卻一點收穫都沒有。即使好不容易捉到三兩隻，也只是又小又瘦的，不合於繳交的條件。

上面催迫得很緊，定下了最後的期限。過了十多天，成名仍然繳不出來，終於被拉到縣衙打了一百大板，屁股被打得紅腫潰爛，流血、流膿，蟋蟀也不能去捉了，痛苦地躺在床上翻來覆去。他左思右想，除了自殺以外，還是沒有一點辦法。

這時村子裡來了一個駝背的巫婆，能夠代人求神問卦。成名的妻子也準備了一些香錢前往，請求神靈的指點。到了那裡，見到老老少少的婦人擠滿一門，簡直是水洩不通。她好不容易擠了進去，原來裡面還有一間密室，入口處垂著簾子，簾子的外邊設置了香案，求神的人先點燃了香插進香爐，然後虔誠地膜拜，巫婆在旁邊代為禱告。

巫婆嘴裡念念有詞的，卻聽不懂在說些什麼，大家都很恭敬地站在旁邊。過了一會兒，簾子裡就會丟出一張紙來，上面寫著求神的人心裡所想知道的事，沒有一點差錯。

成名的妻子把香錢放在案頭上，學著前面的人那般地燒香禮拜。大約過了一頓飯的工夫，簾子動了，一張紙片從裡面飄了出來，她接過來看，上面不是字而是畫。畫的中間是一座殿閣，看上去像是佛寺，後面的小山上有許許多多奇形怪狀的石頭，長著一叢叢針尖般的荊棘，而一隻蟋蟀正躲在荊棘叢中。旁邊有一隻蛤蟆，似正要跳起來的樣子。她猜不透這張圖中的意思，不過，看到了蟋蟀，正和她心中所要問的相符合，也就將圖摺疊起來，帶回家給丈夫看。

成名反覆地看了半天，然後喃喃地對自己說：「是在指示我蟋蟀藏身的地方嗎？」仔細觀察圖上的景致，和村子東邊的那座廟宇很相像，於是勉強從床上爬起來，拄著拐杖，攜帶著圖，去到那座廟宇的後面。

那裡是一片蒼青的丘陵，循著丘陵往前走，見到一塊塊作蹲立狀的石頭，像魚鱗一樣地排列著，竟然和畫裡的山石一模一樣。成名輕手輕腳地鑽進蓬蒿中，一邊側著耳朵傾聽，一邊瞪大眼睛尋找，就像找尋一枚失落的針那般的專心。找著找著，眼睛發酸了，耳朵發麻了，精神也耗盡了，那兒有蟋蟀的蹤跡？

他不斷地低頭尋找，突然間，一隻癩蛤蟆咚的一聲跳了出來，把成名嚇了一跳，緊接著牠又跳進了草堆裡。成名看準了牠隱身的地方，撥開蓬草，看到有隻蟲子伏在棘樹的根部。他立刻去抓，那蟲子卻跳進了石穴中。他用草尖去撥，撥不出來，又用一筒水去灌，才把那蟲子灌了出來，原來是一隻十分好看又矯健的蟋蟀，他追了好一陣，總算抓到了。再仔細地看，這隻蟋蟀的身子肥大，尾巴修長，頸部是青綠色的，翅羽是金黃色的，是蟋蟀中的上品。

成名高興得跳起來，趕快裝進籠子裡帶回家，全家歡欣鼓舞，比得到價值連城的珠寶還要喜悅。成名把牠供養在盆子裡，拿蟹肉和栗子來餵牠，小心地看護牠，準備到時候拿去縣府交差。

成名有個九歲的兒子，趁著父親不在家，偷偷地把盆蓋打開，蟋蟀藉機會跳了出來，動作很敏捷，他趕緊用手去捉，由於用力太猛烈，把牠的腹部壓得裂開來，不久就死了。這孩子很害怕，哭著去告訴母親。

母親聽了，急得臉色發青，大聲責罵兒子說：「你這個孽根！你的死期到了，等你老子回來，看他跟不跟你算帳！」孩子流著眼淚走出去了。

過了不久，成名回到家，聽了妻子的敘述，整根背脊骨都涼了，氣鼓鼓地去找兒子，

找了很久，四處都找遍了，一直見不到兒子的蹤影。這時，有人從井裡撈起他兒子的屍體，頃刻間，滿腔的怒氣化成了悲傷，呼天搶地，痛不欲生。

夫妻倆只是淚眼相對，不吃不喝，也說不出一句話，更不知道要怎麼辦才好？眼看著天都黑了，這才找了一床蓆子，打算把兒子裹著去埋葬。走近身觸摸兒子，發覺他還有一點點氣息，便又驚又喜地把他抱到床上，一直到半夜，才甦醒過來。兩個人雖然稍微寬了心，但孩子的氣息仍然很微弱，神志也恍恍惚惚，一直是昏昏欲睡。成名轉頭望望牆腳邊的籠子，裡頭空蕩蕩地，一下子怵目驚心，又為蟋蟀的事焦急起來，也無心去管兒子了。

整整一個晚上沒有閉一下眼睛，直到太陽升起了，成名才疲憊不堪地躺下，但卻是滿懷愁緒。忽然聽得門外有蟲叫的聲音，成名霍地驚起來察看，赫然見到那隻鳴叫的蟲子。他歡喜極了，趕緊去抓牠，沒想到牠竟「呿（ㄑㄩ qū）」的一聲躍走了，動作快極了。他又快速地用手掌去撲牠，明明像是撲到了，可是又感覺手掌裡是空的，等到一鬆手，牠又猛然跳走了，急急忙忙追過去，繞過牆角，牠早已跳得沒有蹤影。

成名一邊慢慢地走，一邊四下尋找，見到一隻蟲子伏在牆壁上，走近一看，牠又瘦又小，呈暗紅色，根本不是原先看到的那一隻。成名見這麼小，看不上牠，只好再到處張望，希望找到大一點的。而壁上那隻小蟲，突然間一躍，掉落到成名的袖子上。再看看牠，發現牠的形狀像一隻土狗，翅羽上有梅花的斑紋，方方的頭、長長的腿，看來好像還可以，也就勉強地把牠裝了起來，打算獻給官府。但是心裡仍然惶惶不安，深怕不中官差的意，因此就想讓牠和別的蟲子鬥一鬥，好考驗一下牠的能力。

村子裡有個好事的少年，馴養了一隻蟲子，自己給牠取了個名字叫「蟹殼青」，經常和一些別的年輕人養的蟋蟀鬥，每鬥必勝。他想用這隻蟲子換取暴利，而把價錢訂得很高，但也一直沒有人買。聽說成名捉到了一隻，就上門來找他。見到成名這隻又瘦又小，直掩著嘴嗤嗤地笑。他把自己的蟲子放在籠子裡，成名一看，蟹殼青的體格果然又大又壯，再看看自己的這隻，覺得很難為情，因而不敢和對方較量。

那少年執意要試試，成名拗不過他，想了想，反正是蹩腳貨，養著也沒有什麼用，不如讓牠搏鬥一番，姑且開開心也好。於是就一齊放進鬥盆裡。小蟲伏在那裡一動也不動，蠢得像隻木雞一樣。少年大笑了一陣。用豬鬃去撥弄小蟲的觸鬚，故意要激牠，但小蟲還是不動，少年又忍不住哈哈大笑，並且一再地撩牠。

這時，小蟲勃然大怒，直奔過來，於是兩隻蟲子互相拚鬥起來，翻騰跳躍，打得叮咚有聲。一會兒，小蟲一躍而起，張開尾巴，伸直觸鬚，一口咬住了對方的脖子。少年大驚失色，急忙把牠們解開，讓牠們休戰。這時，小蟲翹起翅膀來，得意地鳴叫，好像是在告

訴牠的主人說：我打了一場漂亮的勝仗！

成名興奮極了！正在欣賞的時候，一隻雞走過來，一眼瞥見這隻小蟲，便直奔過來啄牠。成名見到了，嚇得楞在那兒大叫。好在並沒有被啄中，而小蟲躍開了一尺多遠，那雞還是緊追不捨，眼看著小蟲就要落在雞的腳爪下了，成名慌張得不知道該怎麼救牠才好，只是急得直跺腳。不久，雞伸著頸子又擺又撲的；走近察看，原來小蟲不知在什麼時候跳到雞冠上，用力叮咬著不肯放鬆。成名更加驚喜，把小蟲放進籠子裡。

第二天拿去呈繳給縣官，縣官見這麼小，很生氣地大聲責罵成名。成名把牠昨天特殊的表現敘述了一遍，縣官不相信，試著與其他的蟲子相鬥，沒有不被牠打敗的；又用雞來試驗，果然和成名所說的一樣。於是拿了一些銀子賞給成名，把小蟲獻給陝西巡撫（古代的封疆大臣，職掌一方民政，也兼管軍政），巡撫十分高興，用金的籠子安置牠，然後獻給皇帝，並且上了一份奏疏，說明小蟲不平凡的本領。

這小蟲被送進宮中以後，和所有上等品種的蟋蟀一一較量，沒有能勝過牠的。除這以外，牠似乎還通人性，每當牠聽到琴瑟的聲音，就會順著音樂的節拍跳舞，令人嘖嘖稱奇。皇帝也就格外地喜歡牠，下令賜給巡撫名馬和錦緞。巡撫不忘記縣官的功勞，沒有多久，便向朝廷保薦縣官的賢能。縣官很高興，就免除了成名的差役。

過了一陣子，成名的兒子精神恢復了。這孩子對他父親說，在精神恍惚期間，自己彷彿變成了一隻蟋蟀，本領高強，百戰百勝；一直到現在才完全甦醒過來。（改寫自〈促織〉）

【短評】

地方官吏為了討好上司，便昧著良心欺壓百姓，而不顧他們的死活，成名便是這些無辜百姓的代表。為了一隻蟲子，居然讓一個家庭蒙上愁雲慘霧，這是多麼的殘酷！最後，還是稚子的靈魂化成了蟋蟀，才使他家脫離了困境，這又是多麼的悽楚！

十四、詼諧的狐狸

博興（清縣名，今山東省博興縣）人萬福，幼年時期就從事儒學的研究。家裡雖然稍微有幾個錢，可是運氣卻很壞，一直到二十幾歲的時候，還不能考取一點兒功名。鄉中的風俗澆薄，多半指派有錢的人家去充當徭役，好讓他們多繳一些免役錢，老實的人往往被弄得家庭破碎。

萬福為了躲避徭役，從家鄉逃到了濟南，賃居在一家旅店裡。當夜，有一個容貌俏麗的女子來投奔，萬福很喜歡她，便和她發生了感情。萬福請問她的姓氏，女子回答說：「我實際上是狐狸，可是我並不想禍祟你。」萬福很高興，對她的話也深信不疑。

女子吩咐萬福不要和朋友在一塊兒。她每天都來一趟，和萬福一起生活。凡是日常的

用品，統統都依賴她供應。

過了沒有多久，萬福的朋友常來拜訪，往往隔夜還不走。萬福感到很厭煩，卻拉不下臉來拒絕他們。不得已，只好以實情相告。他的朋友因此希望看一看狐狸的真面目，萬福把朋友的意思轉告給狐狸。

狐狸跟萬福的朋友說：「為什麼一定要見我呢？我也跟人一樣啊。」聽她的聲音，就在附近，可是向四邊張望，卻見不到蹤影。

萬福的朋友中，有一個叫孫得言的，為人很風趣，堅持請求一見，而且說：「聽到妳嬌美的聲音，我的靈魂都飛散了；為什麼那樣掩掩藏藏，使人只能聽到妳的聲音而害相思呢？」

狐狸笑著說：「賢德啊！孫先生！您想替您的高曾祖母作行樂圖（畫像）嗎？」萬福的朋友們都笑了。

狐狸又說：「我是狐狸，就讓我跟朋友們談談狐狸的故事，大家可願意聽？」眾人都齊聲說好。

狐狸說：「從前，有一家坐落在村子裡的旅舍，一向狐狸很多，經常出現來作弄旅客。旅客們知道了，相互警告不要到那家旅舍投宿。半年後，這家旅舍的生意便蕭條起來了。旅舍的老闆非常憂慮，盡量避免提到狐狸。

有一天，忽然來了一個旅客，自稱是外國人，準備到旅舍中投宿。旅舍的老闆很是高興。剛剛邀請他進門，就有路人偷偷告訴這位客人說：『這家旅舍有狐狸。』客人很害怕，告訴旅舍的老闆，打算搬到別的地方去。

老闆極力辯白傳說不實在，客人於是就住了下來。客人進入臥室，剛剛躺下來，就看到一群老鼠從床下跑出來。

客人非常害怕，從房裡奪門而逃，並且大叫：『有狐狸！』老闆慌忙出來探問究竟。

客人抱怨說：『這裡明明是狐狸窩，為什麼騙我說沒有狐狸？』

老闆又問：『你見到的狐狸是什麼模樣？』

客人說：『我現在所見的狐狸是細細小小的，如不是狐兒，必定是狐孫！』」說完，整座客人為之大笑。

孫得言說：「既然不肯見我們，我們就留在這兒住下，可別埋怨我們干擾你們的生活！」

狐狸笑道：「在這裡寄宿，也不打緊，如果有小小的冒犯，可別放在心上。」

朋友們恐怕狐狸惡作劇，於是一塊兒走了。可是過幾天一定來一次，尋狐狸開心。

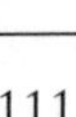

狐狸很詼諧，每一開口，便能使萬福的朋友們笑得前仰後翻，縱然是再風趣的人也敵不過她。大家都戲稱她為「狐娘子」。

有一天，萬福預備了酒席，和朋友們聚會，萬福坐在主人的位子上，孫得言和另外兩位客人分坐在左右的位子上，在上方另設一榻來對付狐狸。狐狸推辭說不善喝酒。大家請她坐下來談話，她答應了。

酒喝了幾道，眾人擲骰子行酒令，某一客人輸了，該喝酒，開玩笑地把酒杯移到上座說：「狐娘子很清醒，我這杯酒願意借給妳。」

狐狸笑著說：「我向來不飲酒。我願意說個故事，來助各位酒興。」孫得言掩著耳朵不願意聽。

客人們都說：「罵人的要受罰。」

狐狸笑著說：「我罵狐狸可不可以？」

眾人說：「當然可以。」於是大家傾耳共聽。

狐狸說：「從前，有一位大臣，出使到紅毛國（現在的荷蘭）去，戴著狐皮帽子去見國王。國王見到了覺得很奇怪，就問：『什麼動物的皮毛，這樣溫暖厚實？』大臣告訴他是狐狸的皮毛。

國王說：『這種動物我向來不曾見過，狐狸的狐字究竟怎麼寫？』使臣用手指在空中畫著向國王稟奏說：『右邊是個大瓜，左邊是個小犬。』」主客又哄堂大笑。

和孫得言一起飲酒的兩個客人是陳氏兄弟。一個名叫「所見」，一個名叫「所聞」。看到狐狸這個樣子整人，便說：「公狐狸在哪兒？怎麼可以縱容母狐狸在這兒害人？」

狐狸說：「方才那個故事還未說完呢！只是被你們的吠聲擾亂了，讓我繼續把它說完：國王又見使臣騎著一匹騾子，很覺得奇怪，使臣告訴他說：『在中國，馬生的是騾子，騾子生的是駒駒。』國王詳細地詢問這些動物的形狀。使臣回答說：『馬生騾，是「臣所見」；騾生駒駒，是「臣所聞」。』」整座的人又捧腹大笑。眾人知道對付不了她，於是彼此約定：以後誰再帶頭開玩笑的，誰就要被罰請客。

過了一會兒，大家有了幾分酒意，孫得言又開起玩笑來，他跟萬福說：「我有一聯，想請你對對看：妓女出門訪情人，來時『萬福』，去時『萬福』（古代女子行禮時多稱萬福，意思是祝人多福）。」整座的人一時都想不出下聯來。

狐狸笑著說：「我想到了。」眾人一同豎起耳朵來聽。狐狸說：「龍王下詔求直諫，鱉也『得言』，龜也『得言』。」四座的人沒有一個不為之絕倒的。

孫得言非常惱怒地說：「我們剛才跟妳已有約定，妳為什麼又違背了戒條？」

狐狸笑著說：「這個過失我實在應該承擔，但是不這樣，就對不出貼切的下聯了。明天我擺桌酒席，來補償我的過失好了。」這件事，大家笑一笑也就罷了。狐狸的詼諧，大概如此，說也說不完。（改寫自〈狐諧〉）

【短評】

適度的幽默，可以調整緊張的人際關係，可是過分的諧謔，卻往往造成人際關係的緊張。惡意地使用言語去刺激別人，也常常給自己帶來意想不到的傷害，我們說話能不慎重嗎？

十五、狐仙的教訓

濱州（州名，清屬濟南府。今山東濱縣）地方有一個秀才，有一天在家裡讀書。忽然聽見有人敲門，打開門來一看，原來是一位白髮皤皤的老先生，相貌很脫俗。

秀才請他進來，並且請教他的姓氏。老先生自稱姓胡，名養真，實際上是狐仙，因為傾慕秀才的高雅，所以願意和他做個朋友。

秀才本來就是個通達的人，也就不以為怪，便和他談古論今。老先生的學問非常淵博，談論起來，滔滔不絕，經史百家，無不通貫。有時引經據典，理論高深，往往出人意表。秀才對他很佩服，留他住了很久。

有一天，秀才私下要求老先生說：「您是非常愛護我的，但是我卻這樣的貧窮！您只

要一舉手，金錢馬上就可以來到，為什麼不周濟我幾文呢？」

老先生起先沉吟不語，好像不肯答應似的。但是過了一會兒，又笑著說：「這件事太容易了。可是得用十幾個錢作母錢才能變呢！」秀才交給他十幾個母錢。

老先生便和秀才一起進入密室中，一跛一跛地踏著八卦步，念起咒來。不一會兒，幾百萬個金錢從屋梁上紛紛落下來，那樣子就如同暴雨一樣，聲音極為清脆。轉眼之間，金錢就淹沒了膝蓋，拔起腳來往錢堆上一站，金錢又繼續落下來，淹沒了他的足踝。最後，那一個很大的房間，金錢堆積得有三、四尺深。於是老先生回過頭來跟秀才說：「不知你滿足了沒有？」

秀才說：「夠了。」老先生一揮手，錢就停住了。於是二人關好門戶，走了出來。秀才心裡很高興，自以為發了橫財。過了一會兒，他進房取錢使用，發現滿屋子的金錢一個也沒有了，只剩下十幾個母錢，稀稀落落地散在地上。

秀才感到很失望，懷著一肚子怒氣去找老先生理論，對老先生的欺騙行為，很是不滿。

老先生也動了肝火，憤怒地說：「我本來和你以文字論交，不想幫你作賊，要是你秀才想發橫財，應該去找梁上君子才對。我這個老頭兒可不能如你的意！」說完，便拍拍自

己的衣服走了。（改寫自〈雨錢〉）

【短評】

讀書的主要目的，在涵泳義理，變化氣質。像故事中的這位讀書人，竟想不勞而獲地發一筆橫財，真是辜負了古聖先賢教化人的苦心。

十六、曾孝廉的夢

曾孝廉①，福建人。在他考上進士②以後，曾經和二三位同榜的朋友結伴到郊外去玩。聽說毘盧禪院裡住了一位算命先生，便和他的朋友們一同騎著馬去問卜。

算命先生見他一副得意揚揚的模樣，便故意說些好聽的話奉承他。曾孝廉覺得好高興，一面緩緩地搖著摺扇，一面微笑問道：「你看我有沒有身披蟒袍，腰橫玉帶的份兒？」

算命先生早已看透了他的心思，便一本正經向他說：「豈止如此！先生還可以做上二十年的太平宰相呢！」曾孝廉聽得心花怒放，越發顯現出不可一世的樣子。

曾孝廉走出算命先生的房間，天正下著毛毛細雨，於是便和他的遊伴到寺門裡的一間

雲房暫避。雲房裡有一個老和尚，鼻梁高高的，兩眼炯炯有神，正盤膝坐在蒲團上，看見客人進來，神情冷冷的，也不打一聲招呼。大家只裝著沒有看見，推讓了一番，便逕自坐下來說笑。

大家聽算命先生說曾孝廉將來要做宰相，都齊聲向他道賀。曾孝廉越發得意忘形，指著同遊的人說：「到了那一天，我曾某做了宰相，一定推薦張年丈③做南方巡撫，舍表親做參將④、游擊⑤，就是我家的老跟班的，也要給他弄個小小的帶兵官！」同座的人聽了，都哄堂大笑。

不久，門外的雨聲越來越大，曾孝廉也感到有些疲倦，便伏在榻上打起盹來。忽然看見兩位欽差大臣，捧著皇帝的親筆詔書，召見曾太師⑥共決國家大計。

曾孝廉得意非常，急急忙忙上朝晉見皇上。君臣禮畢，皇上把御座移近他的身旁，和顏悅色地和他談了許久，並且特別降旨：凡是三品以下的文武百官，完全聽由宰相升降賞罰。接著又賜給他蟒袍、玉帶和名馬。曾孝廉叩頭謝恩過後，便乘馬揮鞭回家去了。

曾孝廉回到家裡，發現他的舊居完全改觀了。高門廣宅，畫棟雕梁，豪華壯麗極了。他自己也搞不清楚，為什麼一下子闊綽到這種地步？他得意地撚著鬍鬚，只要輕輕叫一聲，馬上就有千百個聲音回應。

不久，公卿們紛紛地來獻贈海外奇珍；還有那些卑躬屈膝的人物，在門下進進出出，川流不息。如果六部尚書⑦來到，曾孝廉倒還講究點禮貌，走幾步上前迎接；要是侍郎⑧一輩，就只站著作個揖，寒暄幾句了；至於其他的官員，見到了頂多點點頭而已。

山西巡撫送來十幾個能歌善舞的女子，個個嬌豔如花。其中姿色最美的是嫋嫋和仙仙，尤其得到他的寵愛。每天散朝回來，都左擁右抱，過著聲色犬馬的生活。

一天，忽然想到從前貧賤的時候，曾得鄉紳王子良的周濟，現在自己已經大富大貴了，而那王子良在仕途上還是一籌莫展，何不拉拔他一下呢？第二天清早，便上了一道奏章，保薦王子良為諫議大夫；當即奉旨照准，立刻擢用。

曾孝廉又想起郭太僕⑨曾經給他難堪，便叫來呂給諫⑩和侍御史⑪陳昌等人，教給他們一套「如此這般」。第二天，皇上跟前彈劾的奏章果然堆積如山，郭太僕於是奉旨免職。這一來，有恩的報了恩、有怨的報了怨，內心的快活真是難以形容。

有一次出門，經過郊外的大馬路，一個醉漢偶然冒犯了他，曾孝廉馬上就叫手下把醉漢五花大綁，交給京師衙門治罪。衙門為了討好太師，也不經審問明白，就把他活活打死了。這時候，地方上凡是有房產、有地皮的大戶，都畏懼他的權勢，紛紛把最肥沃的土地獻給他。從此，他簡直富可敵國了。

不久，嫋嫋和仙仙相繼去世，他朝思暮想，忽然想起從前隔壁有個女子美如天仙，每次都想把她買來做小老婆，無奈阮囊羞澀，難以如願。現在總算可以稱心如意了。於是差遣了一夥幹練的家奴，送一筆錢到女家，不管三七二十一，硬是把那女子給抬了回來。不一會，那女子的小轎抬到，曾孝廉大喜過望，那轎中的女子竟比從前看見的時候，更加嬌豔。自己想想生平，也沒有什麼不能如願的事了。

又過了一年，朝中大臣私下漸漸有不滿意他的，可是都把氣悶在肚子裡，不敢公開指責他的不是。這時曾孝廉正趾高氣揚，自然不會把這些人放在心上。然而，偏偏有個姓包的龍圖閣大學士⑫，大膽地在皇上跟前參了他一本。奏疏大概是這樣寫的：

臣以為那曾某，原來只是一個白吃白喝、好賭成性的無賴，下流社會裡的混混。只因為一、二句話迎合了聖上的心意，便蒙聖上光榮的眷顧。他的一家老小，無不沾光，備受恩寵。曾某不但不想如何去奉獻自身、報效朝廷；反而肆無忌憚的胡作非為，作威作福。他所觸犯的種種死罪，就是拔下頭髮，也難以數計！朝廷官員的任免升降，曾某大權獨攬，衡量油水的多少，然後決定某一職位價錢的高低，公然賣官鬻爵，敗壞國家法紀！於是文職的公卿、武職的將士，統統到曾家

來找門路。要想高升，就得送上銀兩，他的行徑，簡直跟商販沒有兩樣。人人得仰他的鼻息、看他的顏色！

假如有個把傑出的人士、賢良的大臣，不肯曲意奉承，就要遭到報復，輕則解除職務，投閒置散；重則剝奪功名，編管為民。甚至你有一點不肯幫他為非作歹的意思，就被視為揭發他的隱私；要是有一言半語不小心冒犯了他，他就會把你貶竄到窮鄉僻壤去。

文武百官只要見到他，沒有不膽戰心寒的，聖上因而處於一種孤立的地位。而且，老百姓的血汗，他任意地榨取；良家的女子，他任意地霸占。弄得烏煙瘴氣，暗無天日！只要他家的奴僕一到，地方官員不論大小，都要看他們的顏色；隨便寫封信去，司法衙門都得枉法徇私。甚至奴才們的兒子、遠房的親眷，外出都是高車大馬、吆五喝六地招搖過市。地方上招待稍微有些怠慢，立刻就得挨馬鞭子。殘害人民、奴役官府，無所不為。他的車馬一到，便搞得天翻地覆，雞犬不寧。

可是那姓曾的，卻始終威威赫赫的，仗著聖上的恩寵，絲毫不想悔改他的惡行。往往在聖上跟前顛倒黑白，入人於罪。每天草草地辦完了公事，一回到家就倚紅偎翠，沉浸在靡靡的笙歌裡。聲色犬馬，日夜荒淫無度。國家的大計、人民的生活，

絲毫不放在心上，世上哪裡有這樣的宰相！臣早晚都為這件事情擔驚害怕，不敢自求安逸，因此冒著生命的危險，一一列舉曾某的罪狀，稟奏聖上。懇請聖上砍下那奸人的腦袋，沒收那貪官的財產；這樣，對上可以平息天怒，對下可以大快人心。如果臣說的話有誇大不實的地方，願受最嚴厲的處分。

曾孝廉聽說包龍圖上了這麼一道奏章，嚇得魂不附體，就像貿然喝了一大口冰水。幸好皇上對他非常包涵，把奏疏壓著，不對朝臣發表。接著各部官員紛紛上疏彈劾，就是從前自稱門生，叫他乾爸爸的，也見風轉舵，跟他翻了臉，砲口一致對準他轟擊。於是皇上下令：曾孝廉充軍雲南，財產全部沒收。他的兒子當時正在平陽（今山西省臨汾縣）太守任上，也被逮捕審訊。

曾孝廉接了聖旨，嚇得面無人色，一時也不知如何是好。跟著便來了幾十個武士，帶刀劍矛戈，一起衝進內室，剝下他的衣服，摘了他的帽子，把他跟妻子綁在一起。接著又見幾個工役在院子裡搬運財物，金銀錢鈔，共有好幾百萬，珍珠、翡翠、瑪瑙、玉石共有好幾百斛。還有帳幕簾榻這一類東西，也有好幾千件。至於小孩子的衣帽鞋襪，更撒滿了

台階。

曾孝廉一一看在眼裡，難過得眼睛像針刺、心裡像刀割一樣。過一會兒，又見到一個人把他那漂亮的小老婆拖了出來，小老婆披頭散髮，哭哭啼啼，一副六神無主的模樣。曾孝廉心裡悲痛得不得了，就像一把火在燃燒，憋著滿肚子氣不敢發作。所有的樓閣倉庫，都被貼上了封條。官兵們大聲地吆喝著，架著曾孝廉就走。

在解差們的拉拉扯扯之下，曾孝廉夫婦只有忍氣吞聲地跟他們上路，要想找一匹老馬和一輛破車代步，也不可以。走了十多里路，曾孝廉的老婆已經走不動了，跌跌撞撞的，曾孝廉時常伸手去攙扶她。又走上十多里，就是曾孝廉自己也感到疲憊了。忽然看見一座山嶺，高峰入雲；曾孝廉憂慮自己沒法子登上去，不時拉著妻子的手，放聲痛哭。而解差卻目露凶光，在旁喝罵，不許稍作停留。

眼看太陽已經西沉，卻找不到投宿的地方，沒法子，只好跛著腳一拐一拐地走。到了山腰，他的妻子一點兒力氣也沒有了，坐在路邊上哭哭啼啼的；曾孝廉也只有停下來休息，任憑那些解差叱罵。

忽然聽到一陣鼓譟，接著看見一群盜賊，個個拿著兵器，跳躍來到眼前，那些解差嚇得面無人色，奪路而逃。曾孝廉腿子一軟，便跪了下來，向盜賊們乞憐道：「請大爺們饒

命！我犯官曾某，現在要充軍到雲南去，除了一條老命之外，身邊再也沒有別的東西，請各位高抬貴手，來日一定報謝不殺之恩。」說完，叩頭就像搗蒜一樣。

盜賊們不聽猶可，一聽說他就是曾孝廉，個個恨得咬牙切齒，眼睛通紅，齊聲嚷道：「我們這一夥都是被你害得走投無路的老百姓，今天你來得正好，我們也不要別的，只要你這老賊項上的人頭！」

曾孝廉見強盜不吃他這一套，竟也色厲內荏地大罵起來：「我曾某雖然是待罪之身，可還是朝廷的命官，你們這群土匪，休得無法無天！」盜賊聽了，越發地動火，揮起手中的大斧，使力的砍向曾孝廉的脖子，曾孝廉一聲慘號，人頭便「撲通」一聲掉了下來。

同遊的人聽見曾孝廉的叫聲，都圍過來問：「老兄可是做了惡夢吧？」曾孝廉揉揉惺忪的眼，只見窗外已經暮色沉沉，室內的老和尚還是跟先前一樣，盤膝坐在蒲團上。

同遊的人七嘴八舌地埋怨說：「天這麼晚了，肚子也餓得不得了，為什麼睡那麼久？」曾孝廉無情無緒地站了起來，長長地伸了一個懶腰。

老和尚對他微微笑道：「算命先生這一卦夠靈驗吧？」

曾孝廉越發覺得老和尚胸羅玄機，於是深深一揖，向老和尚懇求道：「請大師指點迷津。」

老和尚搖搖頭說：「只要修德行仁，自有佳景。其他都不是我這野和尚所能知道的了。」

曾孝廉趾高氣揚地來，卻垂頭喪氣地回去。從此看淡了名利，也不再做當宰相的夢了。後來入山歸隱，沒有人知道他的去向。（改寫自〈續黃粱〉）

【註釋】

①孝廉：舉人的別稱。
②進士：明清兩代，稱舉人參加禮部會試及格的為進士。
③年丈：古人稱與父親同年的人為年丈或年伯。
④參將：清代武職，地位僅次於總兵和副將。
⑤游擊：清代武職，地位在參軍之下。
⑥太師：在古代是三公之一。但唐宋以後，多為優待大臣的榮銜，屬於加官，並沒有職事。
⑦六部尚書：六部是吏、戶、禮、兵、刑、工，各部的首長稱尚書。
⑧侍郎：清代在六部各設有左右侍郎，地位在尚書之下。

⑨太僕：就是太僕寺的首長。清朝太僕寺專管牧馬場的政令。

⑩給諫：官名，清代屬都察院，和御史同為諫官。

⑪侍御史：官名，地位在御史中丞之下，掌理審訊、彈劾等職務。

⑫龍圖閣大學士：清代大學士是最高的文職，並享有最高的榮譽，公私禮節上都稱為中堂，但本身並沒有實際的職務。龍圖閣，為殿閣名。

【短評】

服務公職，在於奉獻自己的智慧才能，為天下蒼生造福。如果只是憑藉著既得的權位，遂行私意，作威作福，必為公眾所鄙棄，天理所不容。

曾孝廉的夢，正是給那些熱中於名利的人一記當頭棒喝。

十七、冬天的荷花

濟南有個道士，不知道是哪裡人，也沒有人曉得他是什麼名字。不論冬夏，總是穿著一件單袍，腰上繫著一根黃色絲帶，再也沒有別的衣服。他經常用一把木梳子梳頭，梳完了就往髮髻上一插，活像一頂帽子。

白天的時候，他喜歡在市上閒逛；到了晚上，便露宿在街頭，靠近他身邊幾尺的地方，雪一落下來便溶化了。

他剛到濟南的時候，常常變戲法給人看，圍觀的人看得高興，都紛紛送銀子給他。有個市井無賴，送他幾罈老酒，想請他傳授戲法，可是他始終不肯答應。

有一次，那個無賴經過河邊，看見道士正在河裡洗澡，便連忙把他的衣服抱走，要脅

他說：「要衣服，就得教我戲法；不然我就叫你上不了岸！」

道士無奈，只好向無賴打躬作揖說：「教你戲法是可以，可是你總得把衣服還給我呀！」無賴怕上他的當，還是不肯放下手中的袍子。

道士說：「你可是真的不給？」

無賴說：「當然！」道士既要不回衣服，便默不作聲了。

不久，見到那條黃色絲帶忽然變成一條大蛇，把無賴纏了六、七道。那條蛇昂著頭、瞪著眼，對著無賴直吐舌頭。無賴嚇得跪在地上，臉色鐵青，氣都喘不過來，嘴裡直喊著「饒命」。

道士這才把黃色絲帶收回來，那條黃色絲帶竟然仍是原來的黃色絲帶；只是另外有一條蛇，慢慢地爬進了城裡。

從此以後，道士更加出名了。地方官紳聽說他有一套好本事，都跟他來往，道士從此便在有頭有臉的人家進進出出了。甚至憲司、道臺①，都知道有這麼一個道士，凡有宴會，總不忘帶著他一道去。

有一天，道士在湖上的亭子裡回請官紳。那天，官紳們在家裡的桌子上都收到了道士的請帖，只是不知道是怎樣送來的？

客人們到了亭子前，道士彎著腰迎上前來。客人們進了亭子，看見什麼都未準備，就連几榻也沒有，都以為道士存心開玩笑。

道士回過頭來對官員們說：「貧道沒有僮僕，請你們的隨從幫幫忙如何？」官員們都答應了他。

只見道士拿起筆來在牆上畫了兩扇門，隨手敲敲，居然有應門的人，打開了鎖，門「呀」一聲地敞了開來。

大家不約而同地上前一看，只見門裡有許多人來來往往，屏風、簾幔、桌椅也都具備。門裡的人把東西一一傳遞出來，道士命令書辦們接住放在亭子裡，而且吩咐不要和門裡的人交談。

這樣，裡面的人送，外面的人接，不到一刻的工夫，已經把整個亭子擺設起來，有說不出的奢侈華麗。不久，香噴噴的美酒佳餚，都從壁間傳遞出來。座中的客人沒有一個不感到驚異的。

亭子原來是背著湖水的，每年六月的時候，荷花盛開，一望無際。道士請客的時節，正是嚴冬，只見窗外湖水茫茫，綠波盪漾，一朵荷花也看不到。

有個官員偶然歎息著說：「唉！今天這樣好的聚會，可惜沒有荷花點綴！」大家都深

表同感。

正在說著，已有一個書辦進來報告：「湖裡長滿了荷葉！」整座的客人都驚奇不已。推開窗戶一望，遠近都是一片青綠，一朵朵的荷花夾雜在綠葉中間。轉眼工夫，萬枝千朵的荷花，同時綻放，陣陣北風吹來，荷香沁人心肺。

大家無不感到奇怪，就派幾個書辦划著小船到湖裡採蓮。大家都遠遠望見書辦們已到了花深的地方，可是不一會，船回來了，那些書辦們都空著手來見。

官員們問書辦是怎麼回事。書辦說：「小的划著船去，眼看花在遠處；可是漸漸到了北岸，不知怎的，花又跑到南岸去了。」

道士微微笑著說：「這不過是幻夢中的空花罷了！」沒有多久，酒喝完了，荷花也凋謝了；一陣北風驟然吹來，把荷花吹得一朵也不剩了。

濟東觀察使②很喜歡這個道士，就把他帶回官署裡，天天都跟他一塊兒玩樂。

有一天，觀察使和客人們飲酒。觀察使拿出珍藏的美酒來招待客人，可是觀察使有個規矩，每次只許喝一斗，多了絕不供應。

那天，有個客人喝了，連連稱讚：「好酒！好酒！」硬要主人把藏酒拿出來喝個痛快。觀察使捨不得，就推說已經喝完了。

這時候，在一旁的道士笑著插嘴說：「你們想要滿足口腹，只管跟貧道打商量好了。」那些客人都請求他再弄些酒來。道士把酒壺放進袖子裡，不一會兒，再拿出來向每位客人斟上一杯，和觀察使所藏的美酒，味道完全沒有差別，大家於是喝了個盡歡才散。

客人走後，觀察使有些疑心，進去看看酒罈，那封口還是好端端的，可是裡面的酒卻一滴不剩了。

觀察使又慚愧又生氣，就傳令把道士當做妖人拿下，嚴加鞭打。可是板子才挨到道士的屁股，那觀察使便覺得自己的屁股劇痛起來，到第二板子再打下去，觀察使的屁股便痛得要裂開了。

道士雖然在階下聲嘶力竭的哀號著，可是堂上的觀察使，鮮血已染紅了座位。觀察使曉得道士不好惹，就叫罷手，把他趕了出去。

道士於是離開濟南，也沒有人知道他到哪裡去了。（改寫自〈寒月芙蕖〉）

【註釋】

① 憲司、道臺：指地方上的高級官員。道是清代的行政單位，道臺是一道的行政長官；憲司是掌

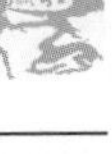

理各行政區刑獄的官員。

②濟東觀察使：就是濟東道的觀察使。觀察使在清代別稱「道員」。

【短評】

這是一個神奇而富有哲理的故事，它說明了唯有得道的人，才能不受形跡的拘礙，即幻即真，即真即幻，既能超越時間，也能超越空間。

十八、趙城義虎

山西趙城地方，有一位老太婆，年紀七十多歲了，只有一個兒子。有一天，她的兒子經過山裡，竟被老虎吃掉了。老太婆非常悲傷，簡直不想再活下去了，哭哭啼啼地向縣太爺投訴。縣太爺笑著說：「老虎怎麼可以用官法來制裁呢？」

那老太婆聽了，越發哭得厲害，沒有人能夠制止。縣太爺喝斥她，她也不害怕。縣太爺可憐她年紀老邁，不忍心加以威赫，便敷衍她一番，答應替她去捉那隻吃人的老虎。可是那老太婆還是跪在地上不肯起來，一定得縣太爺發出拘拿人犯的公文才肯走。

縣太爺無可奈何，便問那些衙役們：「誰能往山裡走一趟？」

有一個衙役名叫李能的，那時正喝得醉醺醺的，自告奮勇地走到縣太爺的跟前說：

「小的能去。」然後便接下公文，老太婆這才滿意地走了。

那個名叫李能的衙役酒醒以後，後悔了起來；可是仍以為那是縣太爺為了擺脫老太婆的糾纏，故意布設的騙局，也就不把這件事放在心上，便拿著那紙公文去銷差。沒想到縣太爺把桌子一拍，很生氣地說：「你自己原來說得好端端的，能把老虎捉來，現在怎麼能容你反悔？」那衙役被逼得沒有法子，便請縣太爺下令招集獵戶。縣太爺答應了。

那衙役集合了各個獵戶，日夜埋伏在山谷裡，希望隨便獵一隻老虎去交差。可是整整過了一個月，也沒有見著老虎的影子。他自己也為這件事，挨了縣太爺幾百大板，滿腔冤屈沒有地方可以控訴，只好跑到城東的東嶽廟去，跪在神像前面祈禱，哭得聲音都啞了。

不久，有一隻老虎從外面進來，那衙役一看，嚇得腿直打顫，生怕自己也被老虎吃了。可是老虎進入廟門以後，並不朝別的地方看，只是蹲伏在門的中間。

那衙役禱告說：「如果那老太婆的兒子是你吃掉的，你就乖乖地讓我把你綁了吧！」於是掏出繩索套在老虎的脖子上，老虎居然也貼著耳朵，乖乖地受綁。

那衙役把老虎牽到縣衙裡，縣太爺升堂，把驚堂木一拍，便開始審問罪犯。縣太爺問老虎：「那老太婆的兒子，可是你吃掉的？」老虎點點頭。

縣太爺說：「殺人的就要償命，這是自古以來所定的法條；況且老太婆只有一個兒

子，而你卻把他吃了，這叫風燭殘年的她如何生活？假如你能做她的兒子，我就可以赦免你。」老虎又點點頭。於是縣太爺叫人解開繩索，把老虎放了。

老太婆對於縣太爺不殺老虎來抵償她兒子的命，很不諒解。可是到了第二天一大早，奇事就發生了。她打開了房門，看見門口橫著一頭死鹿。老太婆把牠的皮和肉賣了，作為日常生活費用。

從此，天天都是這樣；有時老虎還啣了一些金錢和布帛到老太婆的院子裡來。老太婆的生活，因此便寬裕了。

老虎對她的奉養比她以前的兒子還要好，她心裡對老虎非常感激。老虎每次來，往往躺在屋簷底下，整天都不離開。人和畜牲，始終相安無事，一點兒也沒有提防的心。

過了幾年，老太婆死了，老虎跑到靈堂裡吼叫不已。老太婆平日的積蓄，作為埋葬的費用已經綽綽有餘，族人就共同幫忙把她給埋了。墳土剛剛堆好，老虎突然跑來，所有的客人都逃走了。老虎一直跑到墳前，大聲地悲號，過了個把時辰才離開。

地方上的人感於老虎的義行，就在趙城的東門外建了一個「義虎祠」，這個祠到現在還保存著。（改寫自〈趙城虎〉）

【短評】

情感和道義，是維繫人類社會的兩大支柱。一頭凶猛無比的老虎，居然能為自己的行為負責，把情感和道義投注在一個老太婆的身上。身為人類的我們，是不是應該效法呢？

十九、李超的武藝

李超是淄川西鄉人。生性豪爽，又喜歡布施和尚。

有一天，一個和尚來化緣，李超用很豐盛的飯菜款待他。和尚感激李超的盛情，便向他說：「我是少林寺出身的，有點小本事，讓我教給你吧！」李超高興極了，就空出客房給他住，並供應他的一切生活所需，早晚都跟他學習武藝。

李超學了三個月，武藝已經相當好了，感到非常得意。

和尚問他：「你的武藝有進境了吧？」

李超說：「進步多了，老師會的，我已統統會了。」和尚笑笑，便叫李超演練一下把式。

李超脫下上衣，摩拳擦掌地演練起來，身手靈活得像猿猴一樣，輕快得像小鳥一樣，翻騰跳躍了半天，才得意地停下來。

和尚笑著說：「你的武藝確實不錯。你說已經把我的一套都學會了，我們何不來比劃比劃？」李超欣然同意。於是各自把兩臂一交，擺好了比劃的架式。師徒二人，你來我往地打鬥起來。

李超始終找不到和尚的漏洞，和尚飛來一腳，李超還未看清楚，就已摔出丈外，跌得人仰馬翻。

和尚拍拍手說：「你還未能學會我的全套本領呢！」李超連忙拜伏在地上，又慚愧、又沮喪地請和尚再教他。

又過了幾天，和尚教了一個段落，便告辭了。從此，李超的武藝便出名了，走遍南北各地，從來沒有遇到過對手。

有一次，李超偶然到了濟南，見到一個年輕尼姑，在廣場上表演武藝，廣場擠得水洩不通。尼姑對著觀眾說：「貧尼表演了一輩子武藝，都沒有遇到強硬的對手，感到太寂寞了。有哪位喜歡來兩下子的，不妨到場子上來比劃比劃。」她講了三遍，觀眾只是你看我，我看你，沒有一個敢下場子的。

這時，李超也在一旁觀看，手腳不覺地癢了起來，於是他挺著胸膛，大模大樣地走了進去。

尼姑笑笑，便與他交起手來了。還沒有兩下子，尼姑便連忙叫停，說：「這是少林派的功夫。你的師父是誰？」李超起初不願意講，後來尼姑一再追問，李超才告訴他是某某和尚。

尼姑拱手行禮說：「原來你師父是憨和尚！既是這樣，我甘拜下風，這場武藝也不必比了！」

李超再三請求繼續比劃，尼姑都不肯。後來由於在場的觀眾一再慫恿，尼姑才勉強地說：「你既是憨和尚的徒弟，我們便是一家人了，玩一玩也不妨，只是各人心裡要有個底兒，做個樣子就行了。」

李超答應了。可是他見尼姑外表文弱，便有了幾分輕敵的意思。又因年輕好勝，想要藉這個機會把尼姑打敗，出出鋒頭。正在拳來腳去的當兒，尼姑突然收手。李超問她原因，她只是微笑，不肯回答。李超以為她膽怯了，堅決地請求繼續比劃，尼姑不得已，這才又比劃起來。

不一會兒，李超飛過一腿去，尼姑不慌不忙地併起五個手指，往他的腿上一削；李超

只覺得膝蓋以下好像被刀斧砍了一樣，仆倒下去再也起不來了。

尼姑笑著表示歉意說：「對不起，我太魯莽了。剛才的冒犯，還請你不要介意！」李超被抬了回去，調養一個多月，腿傷才漸漸復原。

一年多後，那和尚又到他家裡，李超談起了這件事，和尚大驚道：「你太莽撞了！什麼人不好惹，要去惹她！幸虧你提到我的名號，不然的話，你的腿早就斷了！」（改寫自〈武技〉）

【短評】

自滿和自負，是進德修業的大敵，它不但會使自己在人群中孤立，而且也限制了本身的發展。「謙受益，滿招損。」李超的武藝，不正說明這一點嗎？

二十、石武舉之死

有個姓石的武舉人，帶著一些盤纏到京師去，想謀求一官半職。走到德州（清州名，今山東省德縣），突然得了場大病，吐血不止，整天躺在船上爬不起來。僕人趁著主人病危，就偷了錢逃走了。石武舉一氣一急，病情越發加重起來，後來連吃飯的錢也付不出了。船主人怕他死在船上，打算把他抬到岸上，一走了之。

恰巧有個女人坐著船，夜晚停泊在岸旁，聽到這件事，自願把石武舉接到船上去。船主人很高興，便扶著石武舉上了那女人的船。

石武舉打量一下，那女人約莫四十來歲，穿戴很華麗，儀態也還嫻雅，石武舉呻吟著向她道謝。

那女人走到身旁仔細地看了一下說：「你本來就有癆病根子，現在靈魂早已飄到墳墓裡了。」石武舉聽了，號啕大哭。

那女人說：「我有一種藥丸，可以起死回生；要是你的病好了，可別忘記我這份情意。」

石武舉聽了，流著眼淚發誓：「妳的大恩大德，我永生不忘。」那女人便拿出藥丸來給石武舉吃。才過了半天，病就好了一些。那女人親自把一些可口的東西拿到床邊來餵他，比起妻子照顧丈夫還要周到，石武舉越發感激她。

過了一個多月，病完全好了。石武舉跪在她的面前，就像對自己母親一樣的尊敬。

那女人說：「我孤零零的一人，沒有什麼依靠，如果你不嫌我難看，我願意侍候你的生活起居。」這時石武舉三十多歲，老婆已經死了一年，聽了她的話，大喜過望，就和她結成夫妻。那女人便拿出私蓄，叫他到京城去找門路，約定回來時再帶她一起走。

石武舉到了京城，經過一番鑽營，謀得了山東省的總兵（清代綠營兵的高級統將，地位僅次於提督），剩下來的錢，便買了鞍馬行裝，氣派非常顯赫。

這時他想到那女人年紀已經大了，終究不是個好伴侶，於是便花了一百兩銀子娶了姓王的女人做繼室。可是心中畢竟有些害怕，惟恐那女人知道了不饒他。於是他便避開德州這一條路，繞了一個大圈子去上任。過了一年多，也不跟那女人通音訊。

石武舉有個中表親，偶然到德州去辦事，和那婦人比鄰而居。婦人知道他是石武舉親戚，便來打聽石武舉的近況。

那人一五一十地說了，婦人聽了之後，大罵石武舉負心，並且把他們兩人的關係告訴了他。那人也深深為她抱不平，便寬慰她說：「也許是公務太忙，一時沒有工夫跟妳聯絡。這樣好了，妳先寫一封信，由我帶給他，看他怎麼表示？」婦人照著他的話做了，那人把信慎重地交給石武舉，哪想到石武舉一點也不把這件事放在心上。

又過了一年多，婦人親自去投奔石武舉，住在一家旅舍裡，託衙門裡一位專門接待賓客的官員替她通報。石武舉居然不肯接見，並且叫人以後不要再理她。

有一天，石武舉在家裡飲酒作樂，忽然聽到吵罵的聲音。正放下杯子傾聽，那婦人已經掀開簾子進來了。石武舉嚇得面無人色。

那婦人指著他的鼻子大罵：「你這個薄情寡義的東西，在這裡倒是快活！也不想想你的富貴是打哪兒來的？我對你的情分不薄，就是要納妾，跟我說一下，也沒有什麼不可以啊！」

石武舉呆呆地站著，雙腳好像被綁在那裡似的，氣都不敢吭一聲。過了一陣子，才跪下來認錯，並且為自己找些理由，請求原諒，那婦人的氣才漸漸地消了。

石武舉便和王氏商量，叫她以妹妹的禮節去見那婦人。王氏本來很不願意，可是拗不過石武舉苦苦哀求便去了。王氏向婦人行禮，那婦人也回了禮。

婦人說：「妹子不必害怕，我不是潑辣善妒的女人。石武舉這樣待我，就是誰也受不了的，妹子也一定不情願有這種男人！」於是便把事情的原委跟王氏講了。王氏聽了也非常生氣，和那婦人一起罵石武舉負心。石武舉始終不敢吭氣，只是懇求慢慢補過，這場風波才平息了下來。

當那婦人還未進來的時候，石武舉曾經交代看門的人不要給她通報。事情發生以後，石武舉很生氣，不免暗地裡埋怨那看門的一番。看門的一口咬定門鎖全未打開，根本沒有人進來；他平白無辜地挨罵，很不服氣。

石武舉心裡也很疑惑，可是又不敢去質問那婦人。兩人表面上雖然有說有笑的，心裡卻終究存有芥蒂。幸好那婦人很溫順，從來不跟王氏爭什麼。王氏見她如此，就越發地敬愛她。每天早上都親自去問安，就像侍奉婆婆一樣。

那婦人對待下人寬和而有原則，料事精明，有如神仙。有一天，石武舉印綬遺失了，整個衙門裡都攪得天翻地覆，東尋西找，想不出辦法來。婦人笑著說：「不用擔心，把井

水淘乾，印綬馬上可以找到。」石武舉照她的話去做，果然找到了失物。問她是如何知道的，她只含蓄地笑笑，不肯說出來。看她那樣子，好像知道是誰偷的。

這樣子過了一年，石武舉覺察到她的行為有許多奇怪的地方，懷疑她不是人，時常叫人在她睡後偷聽她的動靜，只聽到床上整夜都發出抖衣服的聲音，也不知道她在做什麼？

那婦人和王氏情同手足，相處得很融洽。有一個晚上，石武舉因事出去了，婦人和王氏一塊兒喝酒，不知不覺醉了，倒在床上，化成一隻狐狸。王氏憐惜她，替她蓋上一條錦被。

不久，石武舉回來了，王氏把發生的怪事告訴了他。石武舉想要殺死她，王氏說：「她就是狐狸，可有對不起你的地方？」

石武舉不聽王氏勸告，趕忙去找佩刀。這時那婦人已經醒了，便破口大罵：「你這種像毒蛇一樣的行為、豺狼一樣的心腸，我是沒法子跟你長久相處的。從前給你服的藥丸，請你還來！」

說著便往石武舉臉上吐一口痰。石武舉覺得冷得像被澆了冰水一樣，喉嚨絲絲發癢；不久，便吐出一顆藥丸來。那婦人拾了起來，憤憤地走了。大夥兒在後面追趕，一眨眼的工夫，已經不見了蹤影。

石武舉半夜舊病復發，咯血不止，過了半年便死了。（改寫自〈武孝廉〉）

【短評】

忘恩負義是可鄙的行為，恩將仇報更是喪盡天良的表現，面對這些人，我們應該何以自處呢？故事中的這個狐狸告訴我們：要以直報怨。

二一、大力將軍

浙江人查伊璜，在一個清明節，和朋友在野外的寺廟中飲酒。

他看見大殿的前頭有一座古鐘，比兩個石甕還要大。鐘上面的泥土還留著人手剛剛搬動過的痕跡。他覺得很奇怪，低下頭一看，鐘底下還擺一個可以容納八升的竹籮筐，不知道裡面到底裝些什麼東西。叫幾個人提著鐘耳，用力掀開，卻一點兒也不能移動它。查伊璜更加地驚駭，於是一面坐著喝酒，一面等待能移動古鐘的人。

不久，來了個乞丐，攜帶了他所討來的乾糧，統統堆積在鐘下。他用一隻手掀起鐘，一隻手抓著食物放進籮筐裡，來回三、四次，才把食物搬完，然後再把鐘蓋起來，拍拍身上的灰塵走了。過了一陣子又來到鐘前，伸手到鐘裡掏食物吃。吃完了又伸手進去掏，輕

鬆得就像開櫃子一樣。滿座的人都感覺到驚奇。

查伊璜開口向他問道：「像你這樣一位好漢，為什麼要行乞呢？」乞丐回答說：「因為我的食量大，所以沒有人肯僱用我。」

查伊璜發現他的身體健壯，就勸他投身軍旅。乞丐愁容滿面地說，恐怕沒有人介紹。查伊璜把他帶回家去，供他吃喝。他的飯量大約要抵上五、六個人。查伊璜替他換上新的衣服鞋帽，又送他五十兩銀子充當路費。

十多年後，查伊璜的姪子在福建做縣官，有一位名叫吳六一的將軍，忽然來拜訪他。談話間，吳將軍突然問道：「伊璜先生是您什麼人？」

伊璜的姪兒回答說：「他是我的伯叔輩，和將軍在什麼地方見過嗎？」吳將軍說：「他是我的恩師。分別了十年，無時不在想念他，想麻煩您請查先生到舍下敘舊。」查縣令漫不經心的答應了。心想：叔父只是個風流名士，哪裡會有什麼武學生？

不久，查伊璜來了，查縣令就把這件事告訴他，伊璜一點兒印象也沒有。可是由於吳將軍一再地來詢問，就吩咐僕人備馬，拿了名片登門拜訪。

到了將軍府，將軍快步地走了出來，親自在大門外迎接。查伊璜一看，卻和將軍並不

相識。心想：「大概是將軍弄錯了。」可是吳將軍卻打躬作揖，非常地恭敬。

吳將軍很禮貌地請客人進去。經過三四道門，查伊璜忽然看見女人來來往往，心想這大概是將軍的內室，就停下腳步來。將軍又揖請他進去。一會兒走到了內室，那些捲簾子的、擺座位的，個個都是年輕貌美的女郎。

兩人坐定以後，查伊璜正想開口，將軍的嘴角稍稍示意，一個女郎便把朝服捧了出來，將軍馬上站起來換衣服。查伊璜不知道他要幹什麼？女郎們替將軍整頓好了袖口和衣襟，吳將軍先叫幾個人把查伊璜按在座位上不讓他動，而後向他下拜，就像覲見皇帝一樣。

查伊璜楞住了，被他搞得丈二金剛摸不著頭腦。將軍拜見伊璜以後，又換上便衣陪坐，笑著說：「先生記不得那個舉鐘的乞丐了嗎？」查伊璜這才恍然大悟。

過了一會兒，將軍命人擺下豐盛的筵席，私人的樂隊在下面奏著悅耳的曲子。酒喝得快意的時候，美女們都環立在左右侍候。將軍帶他進了臥房，請問了他睡覺的習慣方向，然後才離開。

第二天早上，查伊璜因為前夜喝醉了，起來得很晚。將軍已經在臥房外面問候過三次了。查伊璜心裡覺得很過意不去，打算告別回去。哪想到將軍已經拿掉了車轄，門也上了

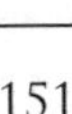

鎖，不讓他出去。

查伊璜看見將軍整天不做別的事，只是清點男女傭人，以及牲口、衣飾、器具。他督導著手下的人造冊登記，還警告他們不可短少遺漏。查伊璜以為這是將軍的家務事，也就沒有深問。

有一天，吳將軍拿著冊子向查伊璜說：「我所以能有今天，完全是先生的大恩大德所賜。所以一個婢子，一件器物，我都不敢私有，讓我用它的一半來奉謝先生。」

查伊璜驚愕地不肯接受，將軍卻不理會他，又拿出幾萬兩黃金，也分成兩份。按照冊子清點，古玩、床几，廳堂的內外幾乎擺滿了。查伊璜堅決地攔阻他，將軍全不理會。

等到查點過了男女傭人的姓名，命令男的整理行裝，女的收拾器物。他還囑咐他們要恭敬地服事先生，眾人齊聲答應。最後又親自看著婢女、丫鬟登上車子，馬夫牽著馬騾，浩浩蕩蕩地準備要出發，才回過頭來與查伊璜告別。（改寫自〈大力將軍〉）

【短評】

給予別人的恩惠，自然不必放在心上；可是蒙受了別人的恩惠，卻應該牢牢地記住。

所謂飲水思源，感恩圖報，乃是我們為人的正理。這個故事，和上篇〈石武舉之死〉，恰好是一個鮮明的對比。

二二、秀才和進士

京城裡有一個書生，家裡很窮，又遇到荒年，便跟從父親到洛陽去討生活。他生性魯鈍，到了十七歲，才能寫一篇短短的文章。可是他的舉止瀟灑，為人風趣，又寫得一手好的書信。看過他書信的人，也不知道他肚裡沒有一點兒墨水。過不了多久，他的父母相繼去世了，孤零零的一個人，便在當地的私塾裡教兒童讀書。

那時，村子裡有個姓顏的孤女，她是一位名士的後代，從小就很聰明；父親在世的時候，曾經教她讀書，只消讀上一遍，就不會忘記。十幾歲的時候，又跟父親學吟詩填詞，她父親慨歎地說：「我家有個女學士，可惜卻不是男兒身。」因此，父親非常疼愛她，希望給她找一個好夫婿。

父親去世以後，她的母親也懷著這份希望，可是東挑西選的，始終找不到合適的對象。三年之後，她的母親又去世了。有的人勸她找個差不多的讀書人嫁掉算了，那顏姓孤女也很同意，只是說要等待機會。

有一天，隔壁的婦人來到她家，跟她閒聊，那婦人用字紙包著絲線，顏姓孤女打開一看，那張字紙原來是書生寫給婦人丈夫的親筆信。她翻來覆去地看了好幾遍，對寫信的人不覺有了好感。

隔壁婦人看出她的心事，就私下告訴她說：「這個人是一位風度翩翩的美少年，和妳一樣，都是孤兒，年齡也差不多。妳如果有意思，我就叫那口子替你們兩個撮合。」

顏姓孤女只是摸著衣角，默不作聲。

隔壁婦人回家以後，就授意丈夫「如此這般」。那婦人的丈夫跟書生本來就很要好，便立刻把這件事告訴他。書生喜出望外，就把母親留給他的一枚金戒指交給那婦人的丈夫，請他轉贈顏姓孤女作為聘禮。

書生和顏姓孤女結婚以後，夫妻的感情很好。顏氏看到書生所寫的文章很差，便笑著說：「這文章跟你的相貌一點兒也不稱，像這個樣子，哪一天才上得了榜？」便早晚勸書生苦讀，嚴格得像老師對待學生一樣。到了傍晚時分，顏氏總是先挑亮燭心坐在桌子邊，自個兒吟哦起來，作為丈夫的表率。一直到聽鐘漏響了三下，才拖著疲倦的身子上床睡覺。

這樣子過了一年多，書生的八股文做得相當好了；可是一遇到考試，便敗下陣來，始終沒沒無名，最後竟弄得三餐不繼，心情真是落寞極了。

有一天，他思前想後，不禁悲從中來，竟放聲大哭起來。顏氏見了，便喝斥他說：「你簡直不是個男子漢，卻徒然有這一身男子的裝扮！假如我不是個女人，那功名富貴隨手都可以拾取！」

書生當時正在懊惱，聽了妻子這樣子奚落他，怒不可遏，便鼓起眼睛說：「妳們婦道人家，懂得什麼！連考場都沒有進過，妳以為功名富貴就像在廚房裡打水煮白米稀飯那樣容易？就是妳換上了男皮，也不會高明到哪裡去！」

顏氏笑著說：「你也不必生氣。等到考試那天，我改個裝扮替你去考就是了。如果也像你一樣的不得意，我發誓以後再也不敢輕視讀書人了。」

書生經她這麼一說，便也笑著說：「妳不曉得黃蓮有多苦，真應該讓妳嘗嘗！只怕妳露了馬腳，免不了要被鄉里笑話呢！」

顏氏說：「我也不是說著玩的。你曾經說，在京城有一棟老屋，就讓我改著男裝跟你

回去好了。你從小就離開老家，如果說我是你的弟弟，誰會不相信呢？」

書生心裡想：反正是鬧著玩的，讓她試試也不打緊，便隨口答應了。

顏氏進入房中，不久便換了男裝出來，跟丈夫說：「你看我可像男子吧？」書生一看，果真像一個風度翩翩的美少年。書生很高興，便挨家挨戶的向鄰居們告辭。那些交情好的朋友送了他一點兒盤纏，他便買了一匹瘦驢，跟妻子騎著回去了。

回到了老家，書生的堂兄還在，看到兩個弟弟長得一表人才，非常高興，早晚都細心地照顧他們。又見他們沒日沒夜地苦讀，就更加地敬愛。還特別僱了一個小童，供他們使喚。到了晚上，他們往往把小童支開。

鄉里有什麼婚喪喜慶，「哥哥」總是獨自去應酬，「弟弟」便放下窗簾，埋頭讀書。過了半年，很少有人見過「弟弟」的面。有的客人想見他一面，「哥哥」便替他婉言拒絕。大家讀了「弟弟」的文章，驚奇得不得了，有的甚至貿然衝進房裡去，想跟他接近。他總是作了一個揖，便溜走了。大家看到他的丰采，就越發的傾慕。

從此，弟弟的名聲無人不知，那些有頭有臉的人家都爭著想招他為女婿。堂兄也常就這件事跟他商量，他只是羞澀地笑。要是再逼迫他，他便說：「我決心求取功名，沒有考上，絕不結婚！」

不久，學官前來主考，「兄弟」兩人一同赴試，做「哥哥」的又落榜。「弟弟」以第一名的資格應試，考中了第四名舉人。

第二年，又考上進士。朝廷任命他為桐城縣的縣令，政績很好。不久，升為河南道掌印御史（掌河南道所屬各級官吏的監察和督導），富有得跟王侯一樣。於是他便藉口生病，請求退職，蒙天子賜准，重新回到田園。

回家以後，客人接二連三來拜訪，他一直推辭，不肯接見。加以從生員開始，一直到飛黃騰達，從來都未聽說他要娶妻，人們都覺得他很古怪。

過了一段時間，慢慢地買了丫鬟、使女。有人懷疑他跟這些女子有所勾搭，可是經他堂嫂注意觀察，他們之間也沒有什麼不可告人之事。

不久，明朝滅亡，天下大亂。做「弟弟」的這才告訴堂嫂說：「實不相瞞，我就是妳弟弟的媳婦。因為我那男人材質平庸，難得有所成就，我一氣之下，決定自己去求發展。可是又深怕事情真相張揚開來，勞動天子召問，被天下人當作笑柄，所以一直保密到現在。」

堂嫂聽了她的話，還是不相信。於是顏氏便脫下靴子，露出三寸金蓮，她的堂嫂才驚訝地叫了起來。

後來，顏氏便叫書生承受她的官銜，自己仍然關起門來，本本分分地做個女人。那些有頭有臉的人物，也都以對待御史的禮貌來對待書生。可是書生卻覺得承襲女人的官銜到底不太光彩，仍然以書生自居，終身不肯高車大馬地擺出達官貴人的姿態。（改寫自〈顏氏〉）

【短評】

在封建時代，女性往往成為男性壓迫的對象，蒲松齡在這個故事中，表明了女子的學識和才能並不比男性差；這也許正是作者要求男女平權的一種暗示吧？

二三、老屋裡的故事

陝西姜侍郎的老屋，鬼魅很多，經常出來誘惑人。姜侍郎不堪其擾，索興把家搬到別處去，只留下一個老奴看守房子，可是那老奴不久便被鬼弄死了。這樣，接連換了幾個人守門，都免不了同樣的遭遇。姜侍郎無法可想，就把那棟老屋荒棄了。

鄉里有個名叫陶望三的書生，向來風流倜儻，喜歡跟風塵女子接近，可是每次酒喝得差不多了，便自顧自的回家。

有時候，他的朋友故意教風塵女子去纏他，他也笑著接受；可是一夜到天亮，他都不曾做出越軌的事來。

有一夜，他住在姜侍郎家，有一個婢子來到臥房勾引他，他也不假辭色，因此，很受

姜侍郎的器重。

陶望三的家裡一向很窮，老婆剛死不久，只有幾間茅草房可住。在那炎炎的夏日，熱得讓人連氣都喘不過來，於是陶望三便跟姜侍郎商量，希望能借住他的廢宅。姜侍郎因為那老屋不太清淨，便婉言拒絕了。陶望三忽然想到，晉朝的阮瞻曾作過一篇〈無鬼論〉，我何不仿效仿效？主意已定，便作了一篇〈續無鬼論〉獻給姜侍郎，並且說：「就是有鬼，又能對我奈何？」姜侍郎經不起他再三要求，便答應了。

陶望三到姜家老屋去打掃大廳，到了傍晚的時候，就把書放在那兒，然後再回家去搬東西，可是回來的時候，所有的書都不見了。他覺得很奇怪，便不聲不響地躺在榻上，等著看個究竟。

大約過了一頓飯的工夫，聽到有人在走路，聲音越來越近，他斜著眼一看，只見兩個女郎正從房裡走出來，把書一本一本地往桌子上丟。其中一個女郎大約二十歲，另一個女郎大約十七、八歲，都長得很標致。

接著，她們又輕輕地來到榻前，你看著我，我看著你，笑了起來。陶望三靜靜地躺著，一動也不動。年紀大一點的女郎舉起一隻腳來踩在陶望三的肚子上，年紀小的只管摀著嘴巴笑。

陶望三經這麼一踩，忽然覺得心旌飄搖起來，幾乎到了無法把持的地步。於是趕快收斂精神，摒除雜念，決心不去理會它。

那女郎看到她的妖術不靈，又進一步地挨過身來，用左手摸他的鬍鬚，右手輕輕地拍他的下巴，發出了小小的響聲，於是，那年紀較小的女郎笑得更厲害了。

陶望三突然挺起了身子，大聲喝斥道：「妳們這些鬼怪，好大的膽子！」那兩個女郎嚇了一跳，便逃走了。

陶望三怕夜裡免不了要被她們作弄，便打算搬回去，可是話已經說出去了，又沒法子收回來，只好挑燈夜讀。那些黑暗的地方，總是鬼影幢幢的，可是他看都不看一眼。快到半夜的時候，他實在睏了，便亮著蠟燭上床睡覺。眼睛剛剛合攏，便覺得有人用一根細小的東西搔他的鼻孔，好癢好癢，忍不住打了一個大噴嚏；接著便聽到暗處傳來清脆的笑聲。陶望三也不說話，只是裝睡等她們再來。

不久，便見那年輕的女郎用紙撚成一根小棒子，躡手躡腳的來到榻前；陶望三突然從榻上跳起來，大聲地喝斥，她一閃就不見了。可是待他一睡著，那女郎又來搔他耳朵。整個夜晚，都被她鬧得雞犬不寧，直到雞叫以後，才安靜下來。

那些藏身在屋裡的鬼魅，在白天總是毫無動靜，可是一到夜晚，又開始若隱若現的出

來了。陶望三便在夜晚煮東西吃，準備熬到天亮。

那年紀大的女郎漸漸壯起膽子，過來坐在陶望三的桌旁，用雙手托著下巴看他讀書。接著趁他讀得入神的時候，突然把他書本合起來就走。陶望三氣極了，起來捉她，她早已不見了。過了一會兒，她又來摸他的書，陶望三只好用手按著書念。

那年輕的女郎偷偷地來到他腦後，一下子用手蒙住他的眼睛，一下子又逃走，然後站在遠處，對他傻笑。陶望三指著她罵道：「小鬼頭！要是讓我捉住了，就休想活命！」可是那女郎一點也不害怕。

於是陶望三便跟她開玩笑說：「男女間的事，我一點兒也不懂，妳們就是纏我也沒有用。」

兩個女郎聽了，微微一笑，便轉身走向竈台，劈柴、淘米，為陶望三做起飯來。陶望三看見了便誇獎她們說：「二位這樣子做，我真是太感謝了。」

不久，稀飯煮好了，她們爭著把湯匙、筷子、陶碗放在桌子上。

陶望三說：「妳們為我做事，我太感激了，可是要怎麼報答妳們呢？」

兩個女郎笑著說：「飯裡已經摻了砒霜和酖毒了。」

陶望三說：「我和妳們向來無冤無仇，何必用這種手段來對付我？」他喝完了一碗稀

飯，又要再盛，那兩個女郎爭著來侍候他。陶望三感到很高興。從此，她們便常常這個樣子。

久而久之，陶望三和她們漸漸混熟了，經常坐在一塊兒聊天。陶望三問她們的姓名，那年紀大的女郎說：「我叫秋容，姓喬；她是阮家的小謝。」又追問她們的身世。

小謝笑著說：「癡子！你老是拒我們於千里之外，這回誰要你問我們的家世？難道要談嫁娶不成？」

陶望三一本正經地說：「面對妳們這兩位美女，我怎麼能不動心呢？只是妳們身上那股陰氣，誰碰到了都要死。不願讓我住在一塊兒，我離開就是了；如果願意讓我住在一塊兒，我們也可以相安無事呀！妳們如果不喜歡我，我何必要玷辱妳們兩位佳人呢？妳們如果喜歡我，又何必要害死我這個狂生呢？」兩個女郎聽了，都非常感動，從此以後，便不大惡作劇了。

有一天，陶望三書還未抄完就出去了，回來的時候，看見小謝正伏在桌上，拿著筆替他抄寫。看到陶望三回來，丟下筆斜著眼睛笑。陶望三走近一看，字雖然寫得不像樣子，倒也是整整齊齊的。

陶望三稱讚她說：「想不到妳還是一個雅人呢！假如妳喜歡這玩藝兒，我倒可以教教

妳。」於是便把她摟在懷裡，握住她的手教她寫字。

這時秋容從外面回來，看到他們如此親熱，表情突然變了，好像很不是味道。小謝笑著說：「小時候曾經跟父親學寫字，現在已經好久沒有握筆了，生疏得不得了。」秋容也不答腔。

陶望三察覺了她的心事，卻假裝著不知道，也把她摟著，交給她一管筆說：「我看妳會不會這玩藝兒？」

他教秋容寫了幾個字以後，站起來說：「秋姑娘運起筆來很有勁呢！」秋容這才高興起來。

陶望三於是摺了兩張紙寫上自己的字，作為她們的範本，叫她們照著樣子寫。自己又另外點了一盞燈讀書。因為她們兩人都有事做，不再來搗亂，陶望三心裡暗自高興。她們寫完之後，很恭敬地站在桌前，聽陶望三批評。

秋容一向不懂筆畫，每個字都塗得黑黑的一團，完全認不得。批改完畢，秋容看到自己比不上小謝，臉上有點掛不住。經過陶望三一再慰勉，她的臉色才開朗起來。從此，這兩個女郎便以對待老師的禮節來對待陶望三。陶望三坐著，就替他捶背；躺著，就替他捏腿，爭著討好他。

又過了一個月，小謝的字居然寫得非常工整，陶望三有時候很誇獎她，秋容聽了感到非常慚愧，眼淚像斷了線似的淌了下來。陶望三百般寬慰她，她才把淚水止住。於是陶望三開始教她讀書，她的領悟力很強，只要教她一遍，她就能完全理解。她和陶望三一塊兒讀書，常常熬到天亮。

小謝又把她的弟弟三郎帶來，拜陶望三為老師。三郎的年紀大約十五、六歲，長得眉清目秀，他以一個金如意（搔背的器物，多用金屬或玉石製成，由於名稱吉祥，一般人也當做玩賞之物）作為拜師的禮物。陶望三讓他跟秋容同讀一種經書，滿堂都是朗誦的聲音，陶望三竟然成為眾鬼的老師了。

姜侍郎知道了，非常高興，總是按照時間供應他柴米油鹽。這樣過了幾個月，秋容和三郎的詩都作得很好了，常在一起酬唱。小謝暗中叫陶望三不要再教秋容，他答應了；秋容也暗中叫陶望三不要再教小謝，他也答應了。

有一天，陶望三準備去應試，兩個女郎淚水漣漣，與他道別。三郎說：「您這一趟可以藉口生病，不要去了。不然的話，恐怕會惹一身麻煩。」陶望三總覺得以生病作藉口而不去考試，到底不太光彩，還是不顧一切地去了。

原來，陶望三喜歡用詩詞譏刺時政，得罪了同邑的某一貴族，經常想找機會來整他。

於是暗中賄賂了考官，硬說他行為不端，把他拘留在牢獄裡。

陶望三在牢獄中，身上帶的銀兩都用光了，只好向同室的囚犯要東西吃，心想：這一次準是活不成了。忽然，他看見一個人閃了進來，一看原來是秋容。她為陶望三帶來許多食物，並且對他悲傷地哭道：「三郎說你會惹上麻煩，現在果然被他料中。他今天是跟我一道來的，已經到司法衙門去申訴了。」她說了幾句話便走了，旁的人都不曾察覺。

第二天，司法部門的首長外出，三郎攔路喊冤，那位首長下令把他抓起來。秋容從獄中出來，回頭去打探消息，三天都沒有回到家來。陶望三在獄中又擔心、又飢餓，日子好難打發，過一天就像過一年那樣漫長。

忽然小謝來了，悲痛得不得了，她說：「秋容回去，經過城隍廟，被西廊的黑判官架走了，逼迫她作小老婆。秋容不肯答應，現在也被關起來了。我跑了幾百里路，快累死了；到了城北，又被老棘刺破了腳板心，痛入骨髓，恐怕以後不能再來看你了。」於是把腳舉起來給陶望三看，紅紅的血，已染濕了鞋襪。她交給陶望三三兩銀子，便一拐一拐地走了。

後來司法衙門審問三郎，認為他和陶望三一向沒有瓜葛，無緣無故的要替他控訴，其中一定有問題，準備打他一頓，可是三郎一倒在地上就不見了。

審判官覺得很奇怪，再看看他的狀子，文字寫得非常哀傷。於是把陶望三提來當面審訊，問他三郎究竟是誰？陶望三假裝不認識。那審判官這才了解他是冤枉的，便放掉了他。

陶望三回去以後，整個晚上都看不到一個人。直到更深的時候，小謝才回來。小謝臉色灰敗地說：「三郎在司法衙門的時候，被衙門的神押到陰司地府去了。那閻羅王覺得三郎很講義氣，就叫他投胎到富貴人家。秋容被拘禁了很久，我曾經以狀子向城隍爺投訴，又被阻擋，沒法子進去，要怎麼辦才好呢？」

陶望三勃然大怒地說：「黑老鬼竟敢如此！待我明天把他的泥像推倒，踩成碎塊；同時找那城隍爺理論，他屬下這樣蠻橫無理，難道他一點也不知道嗎？」兩人悲憤相對，不覺快過了四更。

這時候，秋容竟不聲不響地回來了。兩人高興得跳了起來，連忙問她被扣留的經過。秋容流著眼淚說：「我可為你受盡了折磨！那黑判官每天用刀棍威脅我，要我聽他擺布，我誓死不從。今晚他忽然放我回來，並且說：『我沒有別的意思，原來也只是為了愛妳；妳既然不肯，我也不會汙辱妳。請妳告訴陶先生，千萬不要見怪才好！』」

陶望三聽了，心裡才稍稍舒坦，便要和她們同床共枕。他說：「今日我寧願為妳們而

死！」

兩個女郎感動地說：「我們自來接受你的開導，已經懂得一些道理了。怎麼忍心因為愛你而把你害死呢？」堅決不肯答應他的要求；可是他們那種款款的深情，和夫妻並沒有兩樣。兩個女郎因為這次變故，妒意也完全消除了。

又過了些時候，陶望三在路上遇到一位道士。那道士轉過頭來告訴他說：「老兄身上沾了鬼氣。」陶望三覺得他話出有因，便一五一十地告訴他。

道士說：「這兩個鬼很不錯，不應該辜負她們。」於是畫了兩道符給陶望三，囑咐他說：「回去以後，把符交給她們，其餘的要看她們自己的造化了。告訴她們：如果聽到門外有哭女兒的殯葬行列，就把符吞下趕快出來，先到的人就可以活。」陶望三照著道士的指示做了。

過了一個多月，果然聽到葬女兒的行列經過，二個女郎爭著跑出去。小謝一緊張，忘記把符吞下。秋容一直衝過去，閃進棺材裡就不見了。小謝沒法子進去，大哭一頓折了回來。陶望三出來一看，原來是郝家在殯葬女兒。

大家看見一個女子閃進了棺材，沒有一個人不驚疑的。不久，棺材裡居然發出了聲音，工役們停下來打開棺木一看，那郝家的姑娘突然復活了。於是暫時把棺木放在陶望三的書

齋外面，大家圍在四周守住她。她忽然張開眼問陶望三人在哪兒？

郝家夫人問她要做什麼？她回答說：「我並不是您的女兒。」便把事情的原委說了。郝氏還是將信將疑，準備把她抬回去。那女兒死也不肯答應，一直往陶望三的書齋裡走，倒在那兒不起來。

郝氏無可奈何，就認陶望三為女婿。陶望三走近一看，面貌雖然不同，可是風采卻不比秋容差。他大喜過望，進一步和她談論生平。

忽然，他們聽到嗚嗚的鬼叫聲，原來是小謝在黑暗的角落裡哭泣。陶望三心裡很是不忍，就把燈移過去，一再地寬慰她，只見她的襟袖都被淚水沾濕了，痛苦得不得了。一直快到破曉的時候，她才離去。

天亮以後，郝家帶著婢僕送嫁粧來，儼然成了岳婿的關係。晚上進入布幕隔成的房間，小謝又哭了，一連六、七個晚上都是這樣。夫婦兩人都深深為她感到難過。

陶望三苦惱極了，想來想去，都沒有辦法解決。秋容說：「那道士是個仙人，不妨再去求他，也許他動了憐憫之心，會有法子補救。」陶望三覺得她說的不錯，便找到了道士棲身的地方，跪伏在地上請求他。

道士一再說無法可想，陶望三哀求不已。道士笑著說：「你這癡子好纏人！這也是你

們有緣，且讓我拿出看家的本領來。」

於是，道士便跟書生回來，要了一個安靜的房間，閉起門來打坐。並且警告大家，千萬不要跟他接觸。前後十幾天，不吃也不喝。其他人偷偷地往裡面看，只見那道士只是閉著眼睛，什麼也沒有做。

有一天早上起來，一個年輕的女郎拉開簾子進來。明亮的大眼，潔白的牙齒，容光照人。她微笑著說：「跋涉了一整夜，可把我累死了！被你糾纏個沒完，跑了百把里路，才找到一間好房舍，道士把我載著一起來了。」等小謝來了，那女郎立刻跑過去抱住她，兩人合為一體，倒在地上便僵直了。

道士從屋裡出來，拱一拱手便逕自地走了。陶望三送了幾步，等到回來的時候，那女郎已經甦醒了。把她扶到床上，呼吸和身體才慢慢恢復正常。

後來，陶望三考上進士，做了官。有個叫蔡子經的，是陶望三的同年，因事來拜訪他，停留了好幾天。

有一天，小謝從鄰居家回來，蔡子經的望見了，便快步地在後面跟著，小謝躲躲閃閃的，心裡暗暗罵他輕薄。

蔡子經告訴陶望三說：「有件事聽起來恐怕會嚇死人，不知道可不可以告訴你？」陶

望三問他：「什麼事？」

蔡子經回答說：「三年前，我的么妹不幸夭折，過了兩夜，屍首忽然不見了，到現在我們還是覺得蹊蹺。剛剛見到夫人，那模樣跟我亡妹真是像極了。」

陶望三笑著說：「內人糟糠之姿，哪裡能跟令妹相比？我們既然是同年，關係不比尋常，讓家小來拜見拜見也不妨。」於是便走到房裡去，叫小謝穿著殮葬時的衣服出來見客。

蔡子經一見大驚道：「果真是我妹妹！」說著，便流下淚來。

陶望三於是詳細地說明了事情的經過。蔡子經高興地說：「妹妹原來未死，我得馬上回去，告慰家父、家母。」

過了幾天，蔡家大大小小統統來了，後來他們和陶望三來往，也完全跟郝家一樣。

（改寫自〈小謝〉）

【短評】

面對著妓女，心中卻沒有妓女，這是何等的修養！何等的胸襟！

唯有尊重愛情的人，才能得到真正的愛情。陶望三的故事，給了我們有力的啟示。

二四、少年與白鴿

鄒平縣（今山東鄒平縣，清朝屬濟南府）有一個叫做張幼量的公子哥兒，很喜歡養鴿子，只要聽說那裡有名鴿，總不惜以重金去購求。在齊、魯一帶養鴿子的人士，要數他最有名；張公子自己也常常引以為傲。

有一個夜晚，張公子正坐在書房裡看書，忽然有人來敲門，張公子把門打開一看，原來是一位白衣少年。張公子問他來歷，那白衣少年說：「像我這個浪跡天涯的人，姓名還值得一提嗎？我老遠就聽說公子養的鴿子很多，不知道能不能讓我見識見識？」張公子便領著他去參觀，那些鴿子什麼顏色都有，非常漂亮。

少年笑著說：「人家的傳說果然不假，公子可以說是最能養鴿子的人了。我也帶了幾

隻鴿子在身邊，不知公子願不願意去鑑別一下？」張公子很高興，就跟著那少年走了。

這時，大地被淡淡的月色籠罩著，放眼望去，原野上一片蕭索，張公子心裡不免有一點疑懼。那少年指著前面說：「請張公子再走幾步，寒舍馬上就到了。」

他們又走了一程，看見一個道觀，只有兩棟房舍。少年拉著他的手進去，裡面黑漆漆的，沒有一盞燈火。少年站在院子裡，嘴裡學著鴿子叫，忽然，有兩隻鴿子飛了下來，看起來，牠們跟尋常的鴿子沒有什麼不同，可是毛色卻是純白的；牠們飛得跟屋簷一樣高，每撲動一次，就在空中翻一個觔斗。少年揮揮手，牠們就翅膀挨著翅膀飛走了。

接著，那少年又撮著口發出一種奇怪的聲音，又有兩隻鴿子飛下來：大的那隻像鴨子一樣大，小的那隻只有拳頭那麼一點兒。牠們停在台階上，學著白鶴跳舞。大的伸長脖子站著，張開的翅膀，像座屏風一樣，牠一面鳴叫，一面翩翩起舞，好像是在帶領著小的表演。那小的也忽上忽下地飛著、叫著，有時候停到大的頭上，那翅膀就像燕子落在蒲葉上一樣的輕飄。這時，大的伸直脖子，動也不敢動。牠們的節奏越來越快，聲音也變得像玉磬一樣，兩兩相和，配合得天衣無縫。接著小的飛了起來，大的又仰著身子呼引牠。

張公子大開眼界，讚歎不已，深深為自己的見識短淺而慚愧。於是便向少年作揖，希望他能割愛；少年不肯答應。後來，他又一再懇求，少年便呼喝鴿子離去，另外招了兩隻

白鴿來。他用手抓住說：「如果不嫌棄，我願意把牠們送給你。」

張公子接過來把玩，只見牠們的眼睛在月下成琥珀色，黑色的眼珠比胡椒的顆粒還要圓；打開翅膀一看，胸口的肉晶瑩剔透，五臟六腑都彷彿可見。張公子驚奇極了，可是意猶未足，仍然跪在地上乞求不已。

白衣少年說：「還有兩種沒拿給你看，現在也不敢再拿給你看了。」

兩人正在爭論的當兒，公子的家人已燃著痲稈來找主人。張公子回過頭來看那少年，居然化成了像雞一樣大的白鴿，凌空而去。而且，那眼前的院落也不見了，只見一座小墳，墳旁種著兩棵柏樹罷了。

張公子和家人抱著鴿子回去，讓那鴿子飛飛看，發現牠們還是跟剛才一樣的馴良。雖然不是白衣少年所擁有的鴿子中最好的，可是在人世間已經不可多得了。於是公子就把牠們當作寶貝一樣看待。

過了兩年，張公子那對白鴿又孵了三對乳鴿。縱然是親朋好友來求，他也捨不得割愛。有一位父親的朋友，是當朝的大官。有一天見到公子，順口問問他養了多少鴿子，公子連說幾聲「是是」就退了下來。

張公子以為這位父親的朋友很愛他的鴿子，想要送兩隻給他，以報答他平日的照顧，

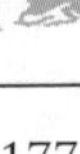

可是又捨不得。他又想到：對長輩的要求，是不應該一再違逆的；而且，把普通的鴿子送給他也不太適合，就選了兩隻白色的鴿子放在籠子裡叫人送過去，自以為這份禮物比千金還來得重呢！

過了些時候，他偶然見到這位父親的朋友，很有點給人好處後，希望別人能夠面謝的心理。可是對方居然沒有說一句感謝的話。他再也憋不住了，就問道：「前些時候送給您的鴿子還不錯吧？」

他父親的朋友回答說：「滿肥美的！」

張公子聽了一驚，說：「您莫非煮來吃了？」

對方說：「是呀！」

張公子嚇得跳起來說：「這可不是普通的鴿子，而是一般人所說的『韃靼』種咧！」

對方又回想了一下說：「可是味道也沒有什麼不同呀！」

張公子聽了，真是又傷心、又惱恨，一時竟說不出話來。

當天夜晚，張公子夢見白衣少年來責備他說：「我原以為您能愛惜牠們的，所以才把孩子託付給您。您怎麼可以把明珠任意丟棄，讓人白白糟蹋呢！現在我只好帶著兒孫們走了！」說完後，便化成一隻鴿子，張公子所養的白鴿都紛紛地跟著牠飛走了。

張公子第二天早上起來，發現所養的白鴿，果然一隻也不剩了。（改寫自〈鴿異〉）

【短評】

在沒有徹底了解對方之前，千萬不可以把最珍愛的東西獻給他。否則對這些東西便是一種褻瀆，而對自己也是一種損害。

二五、瘟神

陳華封是山東蒙山人。有一個大熱天，他靠在野外的一棵大樹底下乘涼。忽然看見有一個人跑過來，在蔭涼地方找了一塊大石頭坐下。他的頭上裹著圍巾，手裡的扇子揮個不停，汗水把衣服都滲透了。

陳華封站起來笑著說：「要是把圍巾除掉，不要搧扇子也會涼快啊！」

那個人說：「脫下來容易，再套上去可就難了。」

陳華封和他談話，覺得他懂的東西很多。接著他又說：「我現在也不想別的，只要幾杯浸過冰水的美酒下喉，暑氣就可以消除一半了。」

陳華封笑著說：「這倒很容易辦到，我就可以滿足你的需求。」於是拉著那人的手

說：「我家就在前面，請你過去坐坐。」那人笑著接受了。

到了家裡，陳華封把藏在石洞裡的酒拿出來招待客人，那酒冰得叫人牙齒打顫。那人高興極了，一口氣喝了十大杯。那時，太陽已經西沉，天忽然下起雨來；於是陳華封點亮了燈，那人也把頭上的圍巾解下，兩人一面喝酒，一面天南地北地聊了起來。在談話的時候，陳華封見那人的腦袋後面，時常漏出燈光，覺得非常奇怪。

沒有多久，那人喝醉了，倒在床上就睡。陳華封把燈移過去偷偷一看，只見他耳朵後面有一個茶杯口那麼大的洞；有好幾層厚膜，把裡面隔成一格一格的，像窗櫺一樣。外面掛著一塊軟皮，把格子遮起來，中間好像是空的。他驚奇極了，便偷偷地拔下髮髻上的簪子，撥開厚膜看個究竟。沒想到才一撥開，就有像小牛一樣的東西，越過窗戶飛走了。

陳華封越發地害怕，不敢再動手去撥。他正要轉身離開的時候，那人已經醒了。他吃驚地說：「你看到我的秘密了！把那牛瘟蟲放了出去，這下子麻煩可大了。」陳華封追問他原因。

那人說：「現在事情已經到了這般田地，也用不著再瞞你了。老實告訴你吧：我是六畜的瘟神。你剛剛放走的是牛瘟蟲，恐怕百里方圓之內的牛，沒有一頭可以倖免了。」

陳華封一向是以養牛為業，聽他這麼一說，害怕得不得了，就請求他想辦法解救。那

人說：「我自己都免不了要受處罰，還有什麼法子解救你的牛呢？據說只有『苦參散』最有效，你把這個方子盡可能地告訴大家，千萬不要存有私心。」說完，他就告辭出門。臨走的時候，又抓了一把泥土放在牆壁上的神龕裡。

他吩咐說：「把這個泥土給瘟牛吃，也很有效。」說著，拱拱手就不見了。

過不了多久，牛果然病了，瘟疫廣泛地流行起來。陳華封這時動了私心，想利益獨占，就不肯把瘟神告訴他的秘方傳授給大家；只傳授給他的弟弟。他的弟弟依照他的方子來試驗，非常有效。

陳華封用自己磨的苦參粉來餵牛，卻一點效果也沒有。他養的牛總共有四十來隻，都死得差不多了。剩下的四、五隻老母牛，也奄奄待斃，他的心裡懊喪極了，一點法子也沒有。

這時，他忽然記起神龕上的泥土，心想：雖然未必有效，但是試試也不妨，就把它給病牛吃了。到了夜晚，那些牛的病居然統統好了。他這才恍然大悟，藥所以不靈，原來是瘟神在懲罰他的私心。（改寫自〈牛瘟〉）

【短評】

自私是人類的大敵，尤其當自身利益與別人衝突的時候，這種卑劣的心態，表現得更為顯著。陳華封由於自私自利，犧牲了別人的牛，同時也幾乎喪失了自己所有的牛。在現代互助共榮的社會裡，瘟神的教訓，應該是每一個人要銘記在心的咧！

二六、真假情人

海州（清州名，在今遼寧省海城縣）有個叫劉子固的人，十五歲的時候，到蓋平（清縣名，在今遼寧省海城縣西南）去探望他舅舅。

劉子固沒事到街上逛逛，偶然看到雜貨鋪裡有一個女郎，長得姣美無比，心裡很是喜歡她。他悄悄地走到鋪子裡，假意說要買扇子；女郎見有顧客上門，便喊她的父親出來招呼。劉子固覺得很掃興，故意把價錢壓得很低很低，使交易告吹。可是，他對女郎並不死心，等到女郎的父親一離開，他又走過來搭訕。女郎不明就裡，又要去找她的父親。

劉子固連忙阻止說：「妳用不著找他，只要說個價錢，我照付就是了。」女郎這一回才知道他「不懷好意」，便故意把價錢說得高高的。劉子固不好跟她還價，付過錢就走

了。

第二天，他又去買扇子，情形還是跟昨天一樣。他剛離開鋪子幾步，女郎便追上來喊住他說：「請等一下！我剛才是跟你鬧著玩的，一把扇子哪裡值那麼多錢！」於是便把多出來的一半還給他。

劉子固覺得女郎很誠實，非常感動。此後，一有工夫就到鋪子裡去買這買那的；久而久之，兩人便混熟了。

女郎問劉子固的來歷，他都一一的回答。劉子固反問她，她說是姓姚。這次臨走的時候，女郎把他所買的東西，細心地包了起來，並且用口水把它封好。劉子固抱在懷裡，感到無限的溫暖。回去以後，也不敢再把它打開，惟恐把女郎舔過的地方弄壞。

這樣過了半個月，他的秘密被僕人發現了，便暗中告訴他舅舅，硬是把他送了回去。他回到了家，整天無精打采的，做什麼事都提不起勁來。他把從前買來的香巾、脂粉這一類的東西，偷偷地放在一個小箱子裡，沒人的時候，就把門關起來撫摸一番，藉此來排遣那相思的情懷。

第二年，劉子固又到了蓋平，一卸下行裝，就到女郎的雜貨鋪去；可是到了那兒，卻見門窗緊閉，便滿懷失望地回來。他還以為女郎偶然有事出去，未回來罷了。於是第二天

清早，他又到鋪子裡去，鋪子的門窗仍然像昨天一樣的緊閉著。

他問左右的鄰居，鄰居們告訴他說：「姚家姑娘回廣寧（清府名，在今遼寧省北鎮縣）老家去了。小本生意，賺不到什麼錢，所以暫時回去休息一陣子。臨走的時候，也沒說什麼時候回來。」劉子固聽了，難過極了，住了幾天，便悶悶不樂地回家了。

他的母親替他提親，他總是推三阻四的。母親也搞不清楚到底是怎麼一回事，大大地發了一頓脾氣。僕人看到事情弄得很僵，便把他過去的這一段戀情告訴母親，他母親從此就對他加意防範，不准他再到蓋平去。

劉子固懨懨地睡在床上，茶也不思、飯也不想，人也一天天地憔悴了。母親憂心如焚，一時也不知如何是好。心想：與其有個三長兩短，還不如順從兒子的心願。於是立刻吩咐僕人準備行裝，送他到蓋平去。同時差人帶話給他舅舅，叫他去說媒提親。

舅舅接受託付，便動身到姚家去。過了一個時辰，回來跟劉子固說：「事情砸了！阿繡已經許配給一個廣寧人了。」

劉子固聽了，猶如青天霹靂，滿腔的熱望，都化成了冰水。回家以後，每天捧著那儲藏紀念品的小箱子流眼淚；有時一個人在房裡踱來踱去，癡癡地想：假如天下有兩個阿繡就好了。

這時，正好有一個媒婆到他家，說復州（清州名，在今遼寧省復縣）有個姓黃的女兒長得很美。據她形容，倒有幾分像阿繡。劉子固怕她說的不實在，就親自到復州走一趟。他走到復州城的西門，看到一戶坐南朝北的人家，兩扇院門半開半閉，裡面有一個女郎，像極了阿繡。她一面向房裡走，一面回頭看他。劉子固留神一看，果真是她！

劉子固內心激動得不得了。但是一想，她既已許配給了別人，我也不好過分唐突。便在她的東鄰租了一間房子，準備探個究竟再說。他問左右鄰居，都說這一家人姓李，在這兒住很久了。劉子固左思右想：天下哪裡會有這樣相像的人呢？

住了幾天，都沒有機會和那家人接近，劉子固只好成天目不轉睛地看著那家的大門，希望女郎再出來。有一天，太陽已經西沉，女郎果然出來了。她一看到劉子固，轉身就走，用手指著他家的後面；又把手放在額頭上，然後便進去了。劉子固高興極了，但也不明白她的手勢到底是什麼意思。

他沉思了一會兒，便信步走到屋後，只見空蕩蕩的一個花園，滿目荒涼。那花園的西邊，有一堵矮牆，大約有一個人肩膀那麼高。這時，他頓然明白了女郎的意思，便在雜草裡蹲下來等待消息。

過了一會兒，有個人從矮牆上露出頭來，壓低著聲音說：「來了沒有？」劉子固答應

了一聲就從草叢中站了起來，仔細一看，真的是阿繡。這時刻，他的情緒如同潰決了的堤防，眼淚像斷了線似的流下來。那女郎隔著牆欠出身來，一面掏出手帕替他揩眼淚，一面溫存地安慰他。

劉子固說：「我想盡了方法，都不能如願，以為這一輩子是沒有指望了，哪裡想到還會有今晚的聚首？可是，妳怎麼會到這兒來的呢？」

女郎說：「李家主人，是我的表叔。」劉子固要翻過牆去。

女郎說：「你先回去，把僕人打發到別處去睡，我自己會來。」劉子固於是打發走了僕人，坐在房裡等候。

不一會兒，女郎便悄悄地進來了，淡妝素抹的，還是穿著往日的衣裳。劉子固牽著她坐下來，向她傾訴別後相思之苦。然後又問她：「妳不是已經訂婚了嗎？怎麼還未嫁人？」

女郎說：「說我受了人家的聘，是不實在的。我父親覺得海州離我們家太遠，不願意把我嫁過去。大概要你舅舅隨便編個理由，好讓你死了這一條心吧？」說著，便把自己投到劉子固的懷中，深情款款，盡在不言中。到了四更天，女郎趕忙起來，翻過牆走了。從此，劉子固把跟姓黃的女郎相親的事忘得一乾二淨了。

他在外面住了個把月，也不提起要回家的話。有一天夜裡，他的僕人起來餵馬，見到劉子固的房裡燈還亮著，偷偷往裡面一看，阿繡居然就在房裡，他嚇了一大跳，但是，一時也不敢聲張。

第二天早上起來，到左鄰右舍打聽了一下，然後才回來問劉子固說：「夜晚和少爺在一塊的那個女人是誰？」劉子固起先還想隱瞞。

僕人說：「這間房子冷清清的，正是鬼狐藏身的好地方，少爺應該懂得照顧自己。那姚家的女郎，怎麼會到這裡來呢？」

劉子固這才不好意思地說：「西面就是她表叔家，有什麼好奇怪的？」

僕人說：「小的已經打聽清楚了：東邊那家只有一個孤老太婆；西邊那家，除夫婦兩口之外，只有一個小孩子，也沒有別的親戚。少爺所遇到的，一定是鬼魅；要不然，哪裡有穿了幾年的衣服還不換的？而且她的臉孔比阿繡要白，下巴也瘦了一點兒，笑起來又沒有酒窩，不如阿繡漂亮。」劉子固仔細回想一下，才害怕起來。

他跟僕人說：「這要怎麼辦呢？」僕人便想了一個計策，等女郎再來，趁她不備，拿起刀來殺死她。

到了晚上，女郎又來了。她跟劉子固說：「我知道你已經對我動了疑心，可是我對你

也沒有惡意，只是想了結我們的緣分罷了。」話還未說完，僕人便推開門衝了進來。

女郎大聲喝斥道：「把手裡的刀丟掉！趕快拿酒來，我要跟你主人話別！」僕人自己把手裡的刀丟了，就像有人奪下來似的。

劉子固看了，更加地害怕，只得壯起膽子擺好酒席。那女郎談笑如常，對劉子固說：「我明白你的心事，正想替你盡一些力，為什麼要暗暗用刀棍對付我？我雖然不是阿繡，自問也不比她差，你看我不如她嗎？」劉子固嚇得毛髮都豎了起來，大氣也不敢吭一聲。

女郎聽到打了三更，便拿起酒杯一飲而盡，站起來說：「我這會兒就要走了，等到你花燭之夜，再來和你新娘子一比美醜！」說著，一閃就不見了。

劉子固聽信了狐狸的話，就一路到蓋平來。他埋怨舅舅欺騙他，就不再住在他家裡；他跟姚家住得很近，便找了個媒婆跟他一起到女家去提親，並且用貴重的禮物去打動女家的心。

姓姚的妻子說：「我家小叔在廣寧給阿繡說了一門親事，因此，她父親帶著她一塊兒去了，成不成還不曉得，等他們回來再說好了。」劉子固聽了，一時六神無主，焦急得不得了。只有苦苦地留在那兒，等他們回來。

過了十幾天，忽然聽到打仗的消息，起先還以為是謠言。幾天過後，情勢越來越吃

緊，這才整理好行裝回家。沒想到走到半路，就遇到亂兵，主僕二人便失散了，劉子固被放哨的給捉了去。由於劉子固很文弱，那些亂兵對他也不加意防範，他便偷了一匹馬逃走了。

他逃到海州邊界，看到一個女郎，蓬頭垢面，步履蹣跚，好像已經走不動了。劉子固經過她的身旁，那女郎忽然喊道：「騎在馬上的不是劉郎嗎？」

劉子固勒住馬一看，原來是阿繡。可是他仍然疑心她是狐狸，便說：「妳是真阿繡？還是假阿繡？」女郎覺得他問得好奇怪。劉子固便把他遇到的事說了。

女郎說：「我可是真阿繡。父親帶著我從廣寧回來，遇到亂兵，被捉了去。他們交給我一匹馬，我每次都從馬上掉下來。忽然來了一個女子，抓住我的手就飛快地逃跑，在軍隊之中亂竄，也沒有人盤問她。那女子走得好快，我簡直沒有法子跟上。走上百把步，鞋子就要掉好幾次。過了一陣子，聽到人馬的聲音漸漸遠了，才放開我的手說：『再見！前面都是寬坦的路，可以慢點兒走，愛妳的人馬上就到，妳可以跟他一起回去。』」

劉子固知道阿繡所提到的女子就是狐狸，心裡委實感激她，於是就把自己留在蓋平的原因告訴阿繡。女郎說，她叔叔替她選了一個姓方的人家，男方還未下聘就發生了兵亂。劉子固這才知道舅舅沒有騙他。於是他把女郎抱上了馬，一同騎著回家。

他們到家以後，發現母親平安無事，高興得不得了。劉子固拴好了馬進去，把這些日子所遇到的事原原本本地說了一遍。他母親也很快慰，便招呼阿繡洗沐，阿繡打扮完畢，又恢復從前光豔的風采。母親越發高興地說：「好個麗人兒！難怪我這癡情兒子做夢都忘不掉妳！」於是就預備被褥，叫她跟自己睡。又派人送信到蓋平的姚家去。過了幾天，姚家夫婦一起來了，選了個黃道吉日，給女兒完成嘉禮才走。

劉子固拿出以前藏紀念品的小箱子，發現封記還是好端端的，其中有一盒粉，打開一看，居然變成了紅土。正感到奇怪，只見女郎搗著嘴笑道：「年前的騙局，現在才被發現！那時看到你不管貨色的真假，都隨我包裝，所以我就包了這塊泥土跟你開開玩笑！」

小兩口正在說笑，忽然看見一個人掀開簾子進來，嚷著說：「你們兩口子倒是快活！總該謝謝媒人吧？」

劉子固一看，居然又來了一個阿繡！他趕快喊母親來。母親和家人統統聚攏過來，竟沒有一個人能分辨誰是真的阿繡。就是劉子固自己，轉一個頭以後，也分不清真假！他仔細瞧了很久，才認出那個假阿繡，並且向她作揖道謝。那個女郎要個鏡子照了一番，羞紅著臉跑走了，再找她已經不見了蹤影。

有一天晚上，劉子固喝醉酒回來，房裡光線很暗，一個人也沒有，正要把燈挑亮一點，阿繡來了。

劉子固拉著她問：「妳到哪兒了？」

阿繡笑著說：「一股酒臭，真叫人受不了！像你這個樣子盤問，難道我跟人家幽會去了不成？」

劉子固笑著捧起她的臉來親了一下。女郎說：「妳看我跟那狐狸姊姊比起來，哪個漂亮？」

劉子固說：「妳當然比她漂亮些，可是粗枝大葉的人還是分不出來。」說著，便有一個人來敲門，女郎站起身來說：「你也是個粗枝大葉的人啊！」

劉子固不明白她的意思，趕忙跑過去開門，來人居然是阿繡！他吃了一驚，這才恍然大悟，在屋裡跟他說笑的，原來是假阿繡！（改寫自〈阿繡〉）

【短評】

這是一篇情節動人的小說。對於初戀男女的心理，狐女好勝的性格，都有深刻的描寫。所謂「有情人終成眷屬」，該是那個時代青年男女的共同熱望吧！

二七、張鴻漸的遭遇

張鴻漸，永平府（清代屬直隸省，府治在今河北省盧龍縣）人，十八歲，是地方上的名士。

當時盧龍縣的趙知縣，貪汙暴虐，百姓們飽受他的迫害。有一位姓范的秀才，因為不小心開罪了他，竟被活活打死。這樣一來，范秀才的同學們便動了公憤，準備到省裡去為他申冤。

張鴻漸的文筆一向不錯，同學們就推他出來寫狀子，並且要他也參加一份。張鴻漸未假思索，便一口答應了。

張鴻漸的妻子方氏，美麗而且賢淑，聽到了這個計劃，就勸張鴻漸說：「大凡秀才們

做事情，成功了便好，失敗了就糟了。因為事情辦成功了，大家只爭爭功勞而已，並不礙事。可是一旦辦砸了，便一哄而散，再也合不攏來。如今的世界，講的是勢力，誰跟你講什麼是非曲直？再說你也沒有什麼靠山，要是搞出紕漏來，誰會幫你的忙呢？」張鴻漸聽了她的話，覺得非常有道理，心裡就後悔起來，便委婉地向同學們推掉了參加告狀的事，但卻答應替他們寫狀子。

狀子呈了上去，上級審問了一次，還沒有裁定；趙知縣聽到風聲，立刻送了一大筆錢給一個有影響力的大官，那些秀才們便被按上一個「結黨造反」的罪名抓了起來，並且進一步地追查代寫狀子的人。張鴻漸一看情況不妙，就倉皇地逃走了。

他逃到了鳳翔縣（今陝西省鳳翔縣）界，盤纏都用光了。那時，太陽已經下山，他獨自一個人在郊外亂闖，找不到歇腳的地方。忽然，他看到遠處有一個小村子，便放快腳步往前走去。

村子裡有一個老太婆，剛好出來關門，看見張鴻漸，就問他要幹什麼，張鴻漸老老實實的說了。老太婆說：「在這裡吃住，本算不了什麼。倒是家裡沒有男人，不大方便留客。」

張鴻漸說：「說實在話，我也不敢有什麼奢求，只求您讓我在門裡搭個草鋪，能避避虎狼就行了。」老太婆便叫他進來，把門關上，交給他一個草墊子。吩咐他說：「我可憐

你沒有地方投宿，才自作主張讓你在這兒過夜，明天你要趁早離開，免得我們家大小姐知道了，會怪罪下來。」

老太婆走了以後，張鴻漸便靠在牆上休息。忽然他看見有一盞燈籠閃著光亮，那老太婆已經領著一個女郎走了出來。張鴻漸連忙躲到暗處，偷偷看去，原來是一位二十來歲的絕色女子。她走到門口，發現草墊子，追問老太婆是怎麼回事；老太婆照實說了。

那女郎生氣地說：「我們統統都是弱女子，怎麼可以把陌生人留在家裡？」接著又問老太婆：「人到哪兒去了？」

張鴻漸很害怕，連忙走出來跪在台階底下。女郎問過了他的姓名、家世，臉色才緩和了一點，說道：「幸虧你是個風雅的讀書人，留下來過夜也不妨。可是我這老家人也不先跟我說一聲，像這樣馬馬虎虎的，哪裡是待客之道呢！」說著，就叫老太婆領著客人到房間裡去。

過了一會兒，老太婆備好了精美淨潔的酒飯，請張鴻漸吃；接著又替他鋪好床鋪。張鴻漸非常感激，於是便偷偷地向老太婆打聽她家主人的姓氏。

老太婆說：「我們主人家姓施。老爺子跟老夫人都過世了，只留下三位小姐。你剛才見到的就是大小姐舜華。」

老太婆走後，張鴻漸看到桌子上有一本《南華經》的註解，於是便拿到枕邊來，伏在床上翻看。忽然，舜華推開門進來了。張鴻漸連忙丟下書本，找衣服鞋帽，預備起來迎接。舜華走到床前阻止他說：「用不著，用不著！」於是就靠著床邊坐下來。

舜華羞答答地說：「我因為你是風流才子，想要把這一家子託付給你，才不避瓜田李下的嫌疑，你該不會瞧不起我吧？」

張鴻漸被她這突如其來的話語，弄得一時不知所措，只好老實地告訴她，家中已經有了妻室。

舜華笑著說：「從這裡也可看出你的誠實，但這並不打緊。你既然沒有嫌棄我的意思，明天就找個媒人來好了。」說完，便起身走了。

她臨走的時候，送給張鴻漸一點兒錢，並且關照他說：「你拿這些錢去作為遊逛的費用，到了晚上，要晚一點兒回來，怕被別人撞見了不太好。」張鴻漸照著她的話做，每天早出晚歸，這樣子有半年之久。

有一天，回來得早一點兒，到了那個地方，竟然連一房一舍都看不到，他感到非常驚訝。正在徘徊的當兒，忽然聽到老太婆的聲音說：「怎麼這樣早就回來？」一轉眼之間，院落又出現了，而自己居然已在屋中。

張鴻漸越發地感到奇怪。這時，舜華從裡面走出來，笑著說：「你疑心我了吧？我老實告訴你好了：我是狐仙，跟你有前世的緣分。如果你一定要怪罪我，我們就此分手好了。」張鴻漸貪戀她的美色，也就沒有表示什麼。

夜晚，他跟舜華說：「妳既然是仙人，千里以外的地方，應該是片刻的工夫就可到達。離家已經三年，心裡一直掛念著家鄉的老婆和孩子，妳能帶我回去看看嗎？」

舜華聽了，似乎不太高興，說道：「就夫妻感情來說，我自認待你不薄。你身子守著我，心卻想著你的老婆，那麼你平常對我的溫柔體貼，都是裝出來的！」

張鴻漸抱歉地說：「妳怎麼說這種話呢？常言道：『一日夫妻，百日恩義。』假如有一天，我回到了家鄉，還不是跟現在我懷念她一樣地懷念妳？要是我得到了新人，就忘了舊人，還值得妳對我這樣好嗎？」

舜華這才笑著說：「這是我的小心眼兒：對於我，希望你永遠不要忘記；對於別人，總是希望你忘得越乾淨越好！你既然想回去一下，這又有什麼難的？你家在我來說，只不過幾步路罷了。」於是便抓著他的衣袖出門。

張鴻漸見到路上很黑，有一點兒害怕，不敢向前走。舜華拉了他就跑，沒有多久，就停下來說：「到了。你自己回家好了，我要走了。」

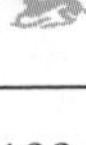

張鴻漸穩住腳跟，仔細一看，果然是自己的家。他從矮牆上翻了進去，看見室內的燈火還亮著。他走過去用兩個指頭敲敲門。裡面的人問道：「誰呀？」張鴻漸便把他回來的經過說了一遍。裡面的人這才持著蠟燭出來開門。

張鴻漸一看，果真是他的妻子方氏。夫妻兩人真是又驚又喜，手拉著手進到房裡，張鴻漸看見兒子睡在床上，感傷地說：「我離家的時候，孩子才到我的膝頭，現在已經這麼高了！」夫婦兩人相互依偎著，幾乎不敢相信，眼前的重聚會是事實。

張鴻漸把他這些年的遭遇說了一遍，又問起那件案子，才知道那些秀才們，有的在大牢裡病死了，有的被充軍了，越發佩服妻子的先見之明。

方氏把身體投到他的懷裡，嘟起嘴巴說：「你有了漂亮的情婦，就不再想念我這獨守空閨，終日以淚洗面的黃臉婆了！」

張鴻漸說：「不想念妳，我怎麼會回來？我跟她雖然感情很好，可是她終究不是人呀！只是她的恩情，我很難忘記罷了。」

方氏說：「你以為我是誰？」

張鴻漸仔細一看，居然不是方氏，而是舜華。用手去摸摸兒子，原來是一具竹夫人罷了。他一時尷尬得說不出話來。

舜華說：「你的這顆心，我已經看透了！我們的緣分也到此為止了。幸好你還未忘掉我的恩情，勉強可以抵過！」

過了兩三天，舜華忽然說：「我想通了，癡癡地守著你的身子，究竟沒有什麼意思。你天天埋怨我不送你回去，今天我正要到京城去，可以順便帶你一起走。」於是從床頭拿了一具竹夫人，兩人一起騎著，舜華叫他把兩眼閉起來。張鴻漸覺得離開地面並不太遠，耳邊響著颼颼的風聲。過了一陣子，便降到地面上來。

舜華說：「現在我們就要分手了。」張鴻漸正要跟她約定下次見面的時間，舜華已失去了蹤影。

張鴻漸若有所失地站了一會兒，聽到村子裡的狗汪汪地吠著，在蒼茫的暮色裡，見到的樹木房舍，全是故鄉的景物，他沿著從前所熟悉的小路走回去。他翻過牆，敲敲門；就跟上一次「回來」時一樣。

方氏很驚訝地起來，起初還不相信是丈夫回來了，後來經過盤問證實，才把燈挑亮，哭哭啼啼地走出來。兩人見面以後，哭得抬不起頭來。這時，張鴻漸還以為是舜華在玩戲法，又看到床上有一個小孩，跟那天晚上的情景一樣，越發地起疑，便笑著說：「又把這竹夫人拿到床上來做什麼？」

方氏被他弄得莫名其妙，生氣地說：「我盼望你回來，過一天就像過一年那麼久！枕頭上的淚漬還未乾呢！剛一見面，居然沒有一點兒傷心和憐憫的意思，你真是太沒良心了！」張鴻漸發現她的表情，似乎沒有一點兒做作，這才相信確實回到了家裡。他抓住了方氏的臂膀，不禁感傷起來，並且把剛才的情況原原本本地解釋一遍。問起訟案審理的情形，方氏的回答跟舜華所說的完全一樣。

夫妻兩人正在感慨，聽到了門外有腳步聲，問來人是誰，居然沒有人答應。原來村子裡有個不良少年，看到方氏長得漂亮，已經打了很久的主意。那天從別的村子回來，遠遠看見一個人從牆上翻過去，以為一定是去跟方氏幽會的野男人，便跟了進去。那不良少年本來就不大認識張鴻漸，所以便伏在牆外偷聽房裡的動靜。

後來，方氏一再問來人是誰？那不良少年才說：「妳先說在房裡的是什麼人？」

方氏隱瞞他說：「哪裡有什麼人呢？」

那不良少年說：「我已經偷聽好久了，我可是來捉姦的呀！」方氏不得已，便把實情告訴他。

想不到那不良少年聽了之後，竟大聲嚷著說：「那張鴻漸結眾造反的案子還未撤銷，縱然是回家了，也應該把他綁起來送到官府去。」方氏又苦苦地哀求他。

那不良少年抓到了把柄，嘴裡便越來越不乾淨。張鴻漸滿腔的怒火再也壓制不住了，拿起刀來衝了出去，對準那不良少年的腦袋瓜子就是一刀。那不良少年倒在地上直叫，他又一連補上了幾刀。

方氏說：「事情已經到了這般田地，你的罪就更重了。你趕快逃走，殺人的責任由我來承擔。」

張鴻漸說：「男子漢死何足惜！那裡有使妻子受辱、孩子受累，自求活命的道理！妳不必顧慮太多，只要叫這孩子好好讀書，力求上進，我就是死也瞑目了。」天亮以後，就提著刀到縣衙門裡自首了。

趙知縣因為他和結黨造反的案子有關，是朝廷的要犯，只輕輕地懲罰了一下，便把他送到永平府裡，再解押到京城去。張鴻漸被加上腳鐐手銬，一路上吃盡了苦頭。

有一天，在解送途中，遇到一個女郎騎馬經過，一個老太婆替她牽著韁繩，張鴻漸一看，原來是舜華。他喊著老太婆，要跟她說話，才一開口，眼淚就隨著聲音掉了下來。

舜華掉轉馬頭，揭開了面紗，故做驚訝的表情說：「我道是誰呢？原來是表哥！怎麼到這裡來的呢？」張鴻漸便跟她說了一個大概。

舜華說：「照你平常對我那個樣子，我是應該掉頭不管的；可是我畢竟不忍心，寒舍

就在前面，可以請兩位差爺一起過來歇歇，我也好送他們一點兒路費。」

他們跟著走了二、三里路，見到一個山村，樓閣高大而齊整。舜華從馬上下來，叫老太婆打開大門請客人進去。

不久，端上美味可口的酒菜，好像事先就準備好似的。又叫老太婆出來說：「因為家中沒有男人，請張先生代勸差爺多喝兩杯，以後還要麻煩他們多多照顧呢！這會兒我家主人已經叫人去籌措幾十兩銀子，好送給您作路費，同時用來孝敬二位差爺，一刻還未回來。」兩個差役聽說有銀子可拿，心裡暗暗高興，開懷暢飲，也不再催著趕路。

到了黃昏，兩個差役統統醉了。這時，舜華走了出來，用手指一指張鴻漸身上的腳鐐手銬，那腳鐐手銬立刻脫了下來。於是她拉著張鴻漸一起上馬，只奔馳了一會兒，就對他說道：「你在這裡下來吧！我跟妹妹約好在青海見面，又為了你的事，耽擱了半天，她一定等得不耐煩了。」

張鴻漸問道：「那我們什麼時候再見面呢？」舜華沒有回答他。他又問，便被推下了馬。到天亮以後，向人一打聽，原來已經到了太原。於是他就在府城裡租了一間房子教起學生來。並且化名為宮子遷。

他在太原住了十年，打聽一下，追捕他的風聲已經沒有從前那麼緊了，便又一程一程

地往東邊走。他走到村子口，不敢馬上進去，等到夜深人靜的時候，才偷偷地溜了進去。到了自家門口，牆已經築高了，沒法子再翻過去，只好用鞭子敲門。過了一會兒，妻子才出來問是誰？張鴻漸小聲地告訴她。

方氏高興極了，便放他進去，又故意喝斥道：「這傻孩子！在京城裡沒有錢用，就應該早點回來！三更半夜的，派你來做什麼？」進入室內之後，各自把近況說了一遍，才知道那兩個差人還流亡在外，沒有回來。

正在說話的時候，簾子外一個少婦突然進來，張鴻漸問她是誰？

方氏說：「她是你兒媳婦呀！」

張鴻漸又問：「兒子呢？」

方氏說：「到京城應試去了，還未回來呢？」

張鴻漸感傷地說：「在外流浪了好多年，兒子居然已經成人了，想不到他真能讀書上進，妳的心血可以說是耗盡了。」話還未說完，媳婦已經熱好了酒，燒好了飯菜，把整個桌子都擺滿了，張鴻漸欣慰極了。

張鴻漸在家裡住了幾天，始終躲在房裡，惟恐被別人知道。

有一夜，方氏剛躺到床上，忽然聽到人聲嘈雜，並且有人急迫地打著大門。她害怕極

了，馬上從床上跳了下來。她聽到有個人說：「他家有沒有後門？」心裡就更加地害怕，趕忙用門板子搭在牆上，把張鴻漸送了出去，然後才到門口去問發生了什麼事情。一問之下，原來是兒子已經考上舉人，他們是來報喜的。方氏高興極了，深深懊悔未弄清事情的真相，就叫丈夫逃走，想要追他回來，已經來不及了。

那天夜晚，張鴻漸落荒而逃，在野地裡亂跑，到了天亮，已經疲困到了極點。本來他是預備向西面逃的，問問路上的人，居然離通往京城的大路不遠了。於是他便往鄉下走，打算把衣服當了，弄幾個錢來吃飯。

他看見一個大戶人家，有一張報喜的紅紙貼在牆壁上，走近一看，才知道這是姓許的人家，有人剛考上舉人。不久，有個老先生從裡面走出來，張鴻漸走上前去作揖，並且把自己的困難說了一遍。老先生見他一派斯文，知道他不是騙吃騙喝的無賴，就請他進去，熱忱地招待他，並且問他打算到哪兒去？

張鴻漸撒謊說，他原住在京城裡教書，在回家的路上遇到了盜匪。老先生便把他留下來教小兒子讀書。張鴻漸問他的家世，原來是一位朝廷的大官，現在已經退隱在家。新中的許舉人，是他的侄兒。

過了個把月，許舉人和一位跟他同榜的朋友回來了。那位舉人十八、九歲，姓張，也

是永平府人。

張鴻漸因為這位舉人和自己既同鄉又同姓，心裡便懷疑他就是自己的兒子；可是一想，鄉裡姓張的畢竟不少，為免鬧笑話，還是暫時不作聲的好。

到了晚上，那位舉人脫下衣服要上床睡覺，露出了記載新舉人姓名、家世的名冊，張鴻漸趕忙借過來一看，那位舉人果真是他兒子，眼淚不知不覺地流了下來。大家看見他這樣，都很驚訝，一起過來問他原因。

張鴻漸指著冊子上的一個姓名說：「張鴻漸就是我啊！」他詳細地說明了自己流亡的經過，張舉人抱著父親大哭。後來經過許家叔侄一再的勸慰，才轉悲為喜。

許老先生立刻送了一筆禮物給各有關部門的首長，並且附上了自己的親筆信，要他們撤銷對張鴻漸的通緝。這樣一來，張鴻漸才能和兒子一同回家。

方氏自從得到兒子的捷報以後，每天都為張鴻漸的流亡感到難過，聽說兒子回來，就越發地悲痛。不久，張鴻漸父子一同進來了，方氏覺得非常意外，問明了原因，一家人真是又悲傷又高興。

那不良少年的父親，見到張鴻漸的兒子已經騰達了，便不敢再動報復的念頭。張鴻漸也就越發地對他好，又詳細地把當年的情形說了一遍，那人也深深地為自己沒有教好兒子

而慚愧。從此，兩人變成了很要好的朋友。（改寫自〈張鴻漸〉）

【短評】

人的一生，會遭遇到一連串的磨難。固然有些是無可避免的，但是有些卻是自己造成的。張鴻漸的三次逃亡，就是他遇事輕率、激動、慌張所付出的代價。冷靜和理智，該是我們處世應有的態度吧！

二八、化狐

金陵有個賣酒的，每次釀好酒，下水的時候，都要加些有毒的醉劑；就是酒量再好的人，喝不到幾杯也會爛醉如泥。因此，遠近的人都知道他家能釀好酒，生意也就一天天地興隆起來，賺了很多很多的錢。

有一天清晨，賣酒的看到一隻狐狸醉倒在酒槽旁邊，便把牠的四條腿綁起來。正要找刀來殺，狐狸已經醒了。狐狸苦苦地向他哀求說：「只要不殺我，你要求什麼，我都答應！」賣酒的見牠如此說，便放了牠。一轉眼之間，牠已變成了一個人。

那時巷子裡有個姓孫的人家，大媳婦被狐狸精迷著了；賣酒的問狐狸，是不是牠幹的，狐狸坦白地承認了。賣酒的見那姓孫的小媳婦長得貌美如花，早已動了染指的心，就

要狐狸帶他一塊兒去。狐狸因為小媳婦很賢淑，不忍加害，覺得十分為難。可是賣酒的卻一定要牠履行先前的諾言。

狐狸沒法子，就帶賣酒的到一個洞裡，拿出一件粗布的衣服給他，並且跟賣酒的說：「這是先兄留下來的，你穿上就可以到孫家去了。」賣酒的穿上衣服回去，家裡的人都看不見他；換上普通的衣服，才顯現出形體。賣酒的高興極了，就跟狐狸一同到孫家去。

他們到了孫家，看見牆上貼了一張大符，那筆畫彎彎轉轉的像一條盤曲的巨龍。狐狸一見，拔腳就跑，口裡嚷道：「這和尚太厲害了，你自己去吧！」

賣酒的縮手縮腳地走到跟前一看，果然看見一條真龍盤旋在孫家的牆上，昂著頭像是要飛的樣子。這下子賣酒的可嚇得魂不附體，飛也似的逃了回來。原來孫家主人請了一位遠方來的和尚，替他家大媳婦驅邪，先把符交給姓孫的帶回來，自己隨後就到。

第二天，和尚到了，便在孫家設一個壇，作起法來。

鄰里的人都來看熱鬧，賣酒的也混在人群裡面。忽然，賣酒的臉色大變，拔腳飛奔，那樣子就像是要被捉一樣。剛逃到門外，就倒在地上化成一隻狐狸，身上還穿著人的衣服呢！

眾人準備把他殺了，可是經過他的老婆和孩子一再叩頭哀求，和尚動了慈悲之心，便

叫他們牽了回去。他家裡的人每天都餵他飲食，過了幾個月便死了。（改寫自〈金陵乙〉）

【短評】

有的人衣冠楚楚，可是他的行徑卻連禽獸都不如！在這個故事裡，作者藉著那個遠方來的和尚，揭穿了那些偽劣人物的真相！賣酒的具有禽獸的心腸，和尚還給他一個禽獸的面目，這不是很公道嗎？

二九、賈奉雉成仙

賈奉雉是平涼（今甘肅平涼縣，清朝為平涼府治）城的一位才子，文章寫得非常好，在當時沒有人比得上他。可是他參加科舉考試，卻每次都落榜。

有一天，他在路上遇到一位秀才，那人自稱姓郎，舉止瀟灑，議論也很精闢，於是就邀請他一起回家，拿出應考的文章來向他請教。

郎秀才看完了他的作品，並不太稱許，只是淡淡的說：「足下的文章，參加小的考試，弄個第一名是夠格了；但是參加大的考試就不同了，連個榜尾都掛不上。」

賈奉雉聽了有點不是味道，就問：「這話怎麼講？」

郎秀才說：「天下的事，如果陳義太高，就很難如願；要是能順人從俗，那就容易多

了。這個道理何須我多說呢？」於是郎秀才列舉了一、二個人的作品為標準，這些作品都是賈奉雉看不上眼的。

賈奉雉說：「讀書人寫文章，應該追求它永恆的價值，盡量求好。像你選的這些文章，就是靠它獵取了功名，做了中央大員，風格也不會高到哪裡去。」

郎秀才說：「話不是這樣講。文章雖然做得好，可是如果沒有地位，還是傳不下去的。你如果想抱著作品沒沒無聞地過一輩子，那當然可以；要不然，那些主考官們都是靠著這種狗屁文章出身的，恐怕不會為老兄的大作而另換一雙眼睛、一個腦袋吧？」賈奉雉聽了，一語不發。

郎秀才站起來說：「所謂少年氣盛，也難怪你聽不進去！」於是拍拍屁股走了。

這年秋天，賈奉雉又落了榜，每天悶悶不樂，突然想起郎秀才的話，便把他從前介紹過的範文，勉強地拿來念。還未念完一篇，就昏昏沉沉地想睡覺，內心徬徨極了，沒有法子鎮定下來。

又過了三年，考試的日期快到了，郎秀才忽然來到，大家高高興興地見了面。郎秀才拿出七道模擬試題，要賈奉雉練習。隔了一天，郎秀才把賈奉雉的作品要過來看，覺得很不滿意；於是又要他重作，作好了，郎秀才又著實地批評了一頓。

賈奉雉一氣之下，索興跟郎秀才開個玩笑，從落榜的卷子裡找些繁冗浮泛、不敢給別人看的句子，拼湊起來，等郎秀才來了拿給他看。哪想到郎秀才看了，居然高興地說：「這下子行了！」於是叫賈奉雉把內容牢牢記住，不要忘記。

賈奉雉笑著說：「不瞞您說，這些話都不是出自我的肺腑，一眨眼的工夫我就會忘得一乾二淨，就是用鞭子拚命的抽我，我也記不得一個字。」

郎秀才坐在桌子旁，強迫他再念一遍，又叫他脫下上衣，在他背上畫了個符才走。郎秀才說：「這樣子就夠了，其他的經、史、子、集都可以不必看了。」賈奉雉看看他畫的符，居然深入肌膚，洗也洗不掉。

賈奉雉進了考場，看見主考官出的題目竟然和郎秀才的七個模擬試題完全一樣。回想他以前的一些作品，沒有一篇是記得的，只有那些開玩笑時拼湊起來的文字，還清清楚楚地留在腦海中。可是握起筆來寫，始終覺得很可恥；想要改動一兩個字，縱然是挖空腦子，也想不出來。眼看太陽已經西沉，交卷時間快要到了，只好把那些拼湊的東西一字不漏地抄上去。

出了試場，郎秀才已經等候很久了。賈奉雉把試場中的情況原原本本說了一遍，要求郎秀才把背上的符擦掉；仔細一看，那道符已經不見了。再回憶一下考場中寫的東西，竟

像是前輩子寫的一樣。

賈奉雉驚奇得不得了。於是問郎秀才為什麼不用這套法術給自己弄個出身。

郎秀才笑道：「我從來沒有這樣的念頭，所以能不讀這樣的文章。」於是兩人約定明天到郎秀才家裡去。

郎秀才走後，賈奉雉拿起稿子看，覺得句句都言不由衷，心裡很不舒服。第二天也就不再去看郎秀才。

不久，放榜了，賈奉雉居然高中榜首。他再把舊稿拿出來看，讀了一陣子，就冒一陣子汗。整個讀完，汗水已濕透了兩層衣服。

賈奉雉自言自語地說：「這種文章一公開，我還有什麼面目見天下的讀書人呢？」正在自慚自責的當兒，郎秀才忽然來了。

郎秀才說：「你希望考上，現在已經考上了，為什麼還悶悶不樂呢？」

賈奉雉說：「我剛才也想了一會兒，用金盆玉碗來盛狗屎，真沒有面子去見我的朋友。我準備逃到山裡去，永遠不要再回到這世上來。」

郎秀才說：「這樣做也過分了一點，恐怕不是你辦得到的，你果能如此，我可以引你去見一個人，他能使你長生不老；到那時候，就連千秋之名，你都不會留戀，何況這偶然

得來的富貴呢？」賈奉雉很高興，就留郎秀才住下來。並且告訴郎秀才，他有意考慮這個問題。

到了天亮，賈奉雉跟郎秀才說：「我已經拿定主意了。」也不與妻子話別，便悄悄地跟郎秀才走了。

他們進入一座深山，到了一個洞府，洞中別有天地。有一個老先生坐在堂上，郎秀才叫賈奉雉拜見他，稱他為師父。

老先生說：「怎麼來得這麼早？」

郎秀才說：「這個人求道的意念很堅定，請師父收留。」

老先生對賈奉雉說：「你既然來了，必須把你的一身置於度外，這樣子才能求得道法。」賈奉雉滿口答應。

郎秀才把賈奉雉送到一個院子裡，安頓他住宿的地方，又送給他一些吃的、喝的才離開。房間非常精緻雅潔，但是門卻沒有板，窗也沒有櫺，房裡只有一几一榻。賈奉雉脫了鞋子上床，月光已經照射進來了。他覺得肚子有點兒餓，就隨手拿些東西吃，那些東西香甜可口，只消吃一點兒就飽了。

他本以為郎秀才會再來的，哪想到坐了很久，還是沒有一點兒動靜。只覺得滿室清

香，自己的五臟六腑彷彿透明了似的，血脈筋絡都可以數得一清二楚。

忽然聽到一聲尖叫，像是貓兒在抓癢。從窗口向外一看，原來是一隻老虎蹲在屋簷下。賈奉雉突然見到老虎，非常害怕；但是一想起師父說過的話，就又收斂起渙散的精神，端端正正地坐著。老虎好像知道房裡有人，不久便走近床榻，氣咻咻地，嗅遍了賈奉雉的腿和腳。不久，聽到院中有騷動的聲音，好像雞被綁起來一般，老虎便很快地跑出去了。

又坐了一會兒，一個美麗的女人進來了，身上散發著誘人的香氣，悄悄地爬上了床榻，挨著賈奉雉的耳邊說：「我來了。」才一說話，口齒間就散發出像蘭花一樣的幽香。

賈奉雉仍然閉著眼睛，沒有一點反應。那女人又低聲說：「該睡了吧！」聲音很像是他的妻子，這時心裡稍稍被激起了一點漣漪。

轉念之間，賈奉雉又想到：「這可能又是師父試探我的幻術。」仍然一動也不動地閉著眼睛。

那個美人於是又說了一些賈奉雉夫妻間常說的話，賈奉雉聽了，不覺心頭大動。張開眼睛一看，果真是他的妻子。賈奉雉問他妻子是怎麼來的，妻子回答說：「郎先生怕你寂寞，想回家，叫一個老太婆引我來的。」言談之間，對於賈奉雉的不告而別，很是埋怨。

賈奉雉安慰她許久，她才轉怒為喜。夫妻便談天說地，一直依偎到天亮。忽然聽到那

老先生在罵人，聲音漸漸接近庭院。賈奉雉的妻子趕快從床榻上跳下來，看看也沒有什麼地方躲藏，就翻過短牆逃走了。

不久，郎秀才跟著老先生進來，老先生當著賈奉雉的面把郎秀才打了幾棍子，並且叫郎秀才立刻把賈奉雉趕走。郎秀才領著賈奉雉也從短牆翻了過去，並且把回去的路告訴了他。

賈奉雉從山上往下看，可以清清楚楚看到自己所住的村莊。心想：妻子走得慢，一定還停留在路上，於是便加快了腳步。

走了一里多路，已經到達家門，只見房屋零零落落的，面目完全不同了。村子裡的老老小小，沒有一個是認識的。他覺得詫異極了，也不敢回到自己的家裡去，就在對門坐下來休息。

過了一陣子，有一個老頭子拄著拐杖出來，賈奉雉走上前去作了一個揖，問道：「賈家在哪裡？」

老頭子指著那房子說：「這就是呀！你是不是想打聽這裡發生的怪事？這個我可是一清二楚的。據說從前那位賈奉雉先生，一聽說考上進士，便悄悄逃走了。那時候，他的兒子才七、八歲。又過了十四、五年，賈先生的太太忽然大睡不醒。兒子在世的時候，一遇

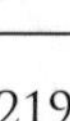

到天氣轉熱轉涼，都要替她換衣服。兒子死後，兩個孫子窮下去了，房子也破敗了，只能用木頭撐著，上面蓋點茅草遮蔽風雨。一個多月前，賈先生的太太忽然醒了，掐指一算，已經睡了一百多年。遠近的人聽到這件怪事，都來探看，直到這幾天，人才少了一些。」

賈奉雉聽了，恍然大悟地說：「老先生，您不知道我正是賈奉雉啊！」

那老頭一聽，嚇了一跳，趕快跑去通報賈奉雉的家人。

當時，賈奉雉的長孫已經過世；次孫賈祥，也已經五十多歲。因為賈奉雉看起來年紀很輕，也不敢貿然相認。過了一會兒，老夫人出來了，才認出他果然是賈奉雉。兩人淚眼相看，不禁悲從中來。

賈奉雉沒有房子可住，只好暫住在孫子家裡。那大大小小、男男女女，擠在他身邊的，都是他的曾孫和玄孫，多半粗鄙而沒有知識。長孫媳婦吳氏，打了點酒，預備了些粗茶淡飯招待他。又叫小兒子夫婦，和自己同住一房，整理好房間給祖公、祖婆住。

賈奉雉走進房間，滿屋子都是煙塵和小孩的尿，各種氣味薰得人作嘔。過了幾天，惱恨得不得了，實在沒法子再待下去了。

兩個孫子家輪流供他們吃喝：那長孫媳婦吳氏是讀書人家的女兒，還懂得一點做女人家的道理，對他們老夫婦一直很孝敬。至於那次孫賈祥就不一樣了，他們供應的食物一天

比一天少，有時候送東西來，還粗聲粗氣的，一點禮貌都沒有。賈奉雉氣壞了，索性把妻子帶走，到東村教書去了。

賈奉雉經常跟妻子說：「這一次回來，我真後悔，可是已經來不及了。現在日子這樣地難以打發，只好再搞我那老套了，只要我不存羞恥心，大富大貴是不難求得的。」

過了一年多，吳氏還常常送東西來，而賈祥父子連人影都看不到了。

這一年，他又考上秀才，縣太爺很賞識他的文章，厚厚地送他一筆錢財，日子比從前稍微好過些，這時候，賈祥也漸漸來走動了。賈奉雉把他叫來，算一算從前他們夫婦的耗費，悉數還給了他。之後，買了棟新房子，叫吳氏母子搬來一起住。

賈奉雉從山中回來以後，腦筋更加清楚了。沒有多久，又考上進士。又過幾年，便以侍御史的身分巡視兩浙地方，名聲非常顯赫，家中闊綽豪華，遠近的人無不稱羨。

賈奉雉做人很耿直，即使對於有權有勢的人也不假以辭色，於是朝廷裡一些腐敗的官僚，便想惡意中傷他。賈奉雉屢次上疏請求退休，都未蒙皇上賜准，不久，大禍便臨頭了。

原來，賈祥的六個兒子都是不務正業的傢伙。賈奉雉雖然把他們趕走，不准他們再上門，可是他們還是偷偷地仗著賈奉雉的權勢胡來亂搞，經常霸占人家的土地房舍，鄉裡的

人頭痛極了。

有一個鄉下人，取了一房新媳婦，賈祥的二兒子便把她奪過來做小老婆。這個鄉下人本來就不好惹，加上鄉裡的人被欺壓久了，動了公憤，紛紛捐錢幫助那鄉下人打官司。這件事傳到京師，那些當權的大官便彈劾他。賈奉雉沒有法子表白自己的無辜，便被撤職拿問了。

過了一年後，賈祥和他的兒子都病死在獄中，賈奉雉被判充軍遼陽（今遼寧遼陽縣，清初屬遼陽府）。賈奉雉把一些瑣事託給長孫媳婦的兒子賈杲，帶著一個男僕和一個女僕上路了。

賈奉雉慨歎地說：「十多年的富貴，還趕不上一個夢的長久！現在才知道榮華富貴的生活，就是地獄的境界，比起入山求道的人，反而多製造了一層罪孽！」

過了幾天，到了一個海邊，遠遠見一條大船駛來，樂聲悠揚，隨從的人都像是天上的神仙。船漸漸靠近了，船上走出一個人來，笑著請賈奉雉過船休息一下，賈奉雉見了非常高興，縱身一躍，便上了船，那些解差也不敢阻攔。

賈奉雉的妻子急忙想跟上去，可是船已經駛遠了，於是一氣之下，便跳進海裡。在水裡漂浮了一程，只見有一個人拋下一條白色的絲繩，把她給拉上了船。解差叫船夫划著

船，一邊追趕，一邊呼叫，可是聽到的只是如雷的鼓聲，和澎湃的海濤聲，一眨眼的工夫，船已看不到了。

那個帶走賈奉雉的人，就是郎秀才。（改寫自〈賈奉雉〉）

【短評】

這一篇小說，表達了作者對於科舉制度的嘲諷和厭棄。在那種制度下，所造就出來的都是些沒有識見的讀書人，他們一旦做了官，百姓們只有受害的份兒。所以作者藉著賈奉雉的口吻慨歎地說：「那榮華富貴的生活，就是地獄的境界，比起入山求道的人，反而多製造了一層罪孽！」

三十、黑色的指印

瑞雲是杭州的名妓，她的姿色和才藝都沒有人比得上。十四歲那年，她的鴇母蔡媽媽就要她接待客人。

瑞雲央求著說：「這是我另一段生活的開始，不好太草率。身價由您決定，可是客人要由我自己來選擇。」鴇母答應了，於是訂下十五兩金子的身價。

瑞雲從此開始接見客人。凡是來見她的客人，都帶著禮物，禮物厚重的，瑞雲就陪他下一局棋，或贈送他一幅畫；禮物薄的，只留他喝一杯茶就打發走。

她的名聲早已傳遍各地，自從接待客人以後，許多富商和貴族子弟都紛紛上門來找她。

餘杭縣（今浙江餘杭縣，清屬杭州府）有個姓賀的書生，頗具有才子的名氣，但家道只是小康而已。他一向仰慕瑞雲，原來不敢存有得到她的夢想，但也竭力籌措一筆像樣的禮金，希望能夠藉此一睹美人的手采。又暗自擔心她接待的富人多，一定會看不起寒酸的人，而不把自己放在眼裡。等到見了面，彼此交談，竟是十分投合，瑞雲格外殷勤地招待他，和他促膝長談，眉目間流露著款款深情，並且又贈送一首詩給他，這詩是：

為什麼那些求取仙液的人們，
偏要到藍橋去叩神仙的門呢？
如果誠心要追求幸福，
那只有在人間才能尋到！

書生看了這首詩，快樂得發狂似的，想要再說些心裡的話，偏偏小丫頭來說有客人求見，他只好匆匆告別。回到了家，一遍又一遍地吟詠詩句，不自禁地整日魂牽夢繫起來。過了一、兩天，實在受不了這種熾熱的感情的煎熬，便又安排一番，再度前往。

瑞雲十分高興地接見他，緊緊地依偎在他身邊，悄悄地對他說：「能不能想辦法使你我整晚相聚？」

書生說：「我是個窮困的讀書人，有的只是心中的一片赤誠，可以拿來獻給知己而已。那一點點的禮金，已經是盡了我全部的能力，能和妳見面，我已心滿意足，至於肌膚之親，我哪敢作這樣的夢想！」瑞雲聽了，鬱鬱不樂，兩人默默相對，都不說一句話。書生坐了許久沒有出去，蔡媽媽再三地叫瑞雲早點催他走，他這才離去。

他又憂傷、又煩悶，想要把家中的田產變賣，來換取一夜的歡樂，可是想到漏盡天明時仍要分別，那種淒涼的情境，豈不是更加難受？想到這裡，一切的熱望都冰消了。從此就再沒有和瑞雲連繫了。

瑞雲想選擇第一個和她共度良宵的人，幾個月來一直找不到適當的對象，鴇母為著這事對她很不滿意。正要強迫她的時候，有個秀才帶著見面禮來了。他坐下和瑞雲談了幾句話，便起身用一個手指按在瑞雲的額頭上說：「可惜呀！可惜！」說完後就走了

瑞雲送走了客人，大家都看到她額上有一塊像墨一樣黑的手指印，瑞雲立刻去洗滌，不料那印子卻是越洗越深。過了幾天，黑的痕跡漸漸擴大，一年多以後，蔓延到整根鼻梁和臉部，見到她的人常常訕笑她，而她的客人也一天比一天減少，終於一個上門的都沒有了。

鴇母見她已無利可圖，就命她卸去妝扮，和婢女一起做些粗重的工作，瑞雲又因身體柔弱，不能勝任這種苦事，因此，一天比一天憔悴。

姓賀的書生知道了瑞雲的遭遇，急忙趕來看她。見她蓬著頭在廚房裡工作，醜陋得就像鬼物一樣。她抬起頭來看見書生，慌忙地把臉轉向牆壁，企圖隱藏自己的醜相。書生見了，很憐惜她，就和鴇母說願意為她贖身，鴇母答應了。他就賣了田產家具，把她贖回去了。

進了家門，瑞雲牽著書生的衣服哭泣著表示自己心中的感激，並且表明不敢擔當妻子的名分，甘願做妾來供他使喚，而把妻子的名分和地位留給其他的女孩子。

書生說：「人生最可貴的就是知己。妳從前得意的時候能夠看得起我，我又怎麼能在妳失意的時候忘卻妳的恩情呢？」於是他決定不再迎娶別的女孩。聽到這件事的人們都取笑他，可是他卻愛她愛得更深摯、更熱烈。

過了一年多，賀書生偶然到蘇州去，在旅館遇到一個姓和的秀才，忽然問起他：「杭州有個名妓叫瑞雲的，近況不知道怎麼樣了？」賀書生說她已嫁了人，對方又問嫁的是什麼人？

賀書生回答說：「這個人大概和我差不多吧！」

和秀才說：「如果她真的嫁了個和您一樣的人，那的確是找到個好歸宿了。不知道身價是多少？」

賀書生說：「由於她患了一種奇怪的毛病，所以鴇母就隨便地把她賤賣了。要不是這樣，像我這樣身分的人，怎能花得起錢從妓院裡娶到美麗的女子呢？」

對方又問：「她嫁的人真像您一樣好嗎？」

賀書生見他一再地追問，覺得很奇怪，於是反問他什麼緣故？

和秀才笑著說：「不瞞您說，我曾經見過她一次，對她那超越流俗的姿容十分愛憐，又覺得她流落風塵，實在可惜！所以施了一點小小的法術，把她那耀人的光彩隱藏起來，使她能夠保全美玉般的潔白，等待真正愛惜她的人去鑑賞。」

賀書生急忙問道：「您既能點上黑印，是不是也能消除它呢？」

和秀才笑著說：「怎麼不能呢？但必須她的丈夫誠懇地請求罷了！」

賀書生立刻起來行禮，說：「瑞雲的夫婿就是我！」

和秀才非常高興地說：「天下只有真正的才子，才懂得愛情的真諦，不因外在美醜的變化而改變初衷，請您帶我回去，讓我把尊夫人的美麗還給她。」於是和他一同回家。

到了家裡，賀書生正要吩咐妻子預備酒菜，和秀才阻止他說：「慢點！等我先施法

術。何不讓尊夫人懷著愉快的心情料理酒食呢？」立刻要賀書生用臉盆盛好了水。和秀才伸出兩隻手指在水面上寫了些字，說：「用這水洗臉，臉上的黑印就會立刻褪去；不過，尊夫人一定要親自出來向醫她的人道謝唷！」

賀書生笑著把水捧進去，站在旁邊看著瑞雲洗臉。剛洗完，臉上立即變得光滑潔淨，又恢復了當年的豔麗。

夫婦倆都非常感激，趕緊一同走出來向客人道謝，卻已看不見客人的蹤影，到處尋找，始終沒有找到，他們這才想到：大概是遇到了一位仙人吧！（改寫自〈瑞雲〉）

【短評】

一個材質美好的人，在紛擾的環境中，若能韜光養晦，自然可以保持他的清純，進而等待機會，達成願望。一個情操高尚的人，絕不會因為外表的變化，而改變初衷，捨棄理想。黑色的指印，掩蓋的是世俗人眼裡的光彩，而不是佳人才子內在的靈明。

三一、黃英

順天府（在今北平一帶）有個叫馬子才的人，他家世世代代都喜歡菊花，到了馬子才，喜歡得尤其厲害。他只要聽說哪兒有好的品種，一定要設法把它買來，就是跋涉千里，他也不怕。

有一天，一個金陵來的客人住在他家，那客人說他的中表親家有一、二種菊花，是北方所沒有的。馬子才聽了，欣然色喜，馬上整理行裝，跟著客人一起到金陵去。

到了金陵，那客人多方為他搜求，終於得到兩棵雛菊，馬子才把它們小心翼翼地包藏起來，就像得到了寶貝一樣。他在回家的半路上，遇到了一個少年，騎著一匹毛驢跟在一輛車子後面，那少年的儀表非常瀟灑，他就漸漸靠過去跟他聊起天來。

那少年自稱姓陶，談吐極為脫俗。他問馬子才是從哪兒來的？馬子才便把到金陵尋訪菊花的事告訴他。那少年說：「不管哪一個品種都是好的，至於花開得好不好，完全要看人們怎麼栽培和灌溉。」接著兩人便討論起種菊花的要領來。

馬子才很高興，便問他要到哪兒去？那少年回答說：「家姊在金陵住膩了，打算搬到河北去住。」

馬子才歡喜地說：「我雖然一向貧窮，但是那幾間茅草房還可以勉強住得，如果你們姊弟不嫌簡陋，就不必到別的地方去了。」

陶姓少年聽他這麼說，就趕到車前，請示姊姊的意見。車上的人推開簾子，探出頭來說話，馬子才一看，原來是一個二十來歲的絕代佳人。她跟弟弟說：「屋子矮小倒不打緊，但是院子一定得廣闊些。」陶姓少年衡量一下，馬宅的條件差不多，就代姊姊答應了。於是姊弟兩人就跟著馬子才一起回家。

馬家的南面有一塊荒棄的園子，園子裡有三、四間小屋，陶姓少年很喜歡那個環境，就在那兒住下來。從此以後，他每天都到北面的院子來，替馬子才種菊花。凡是枯死了的，就把它連根拔起，然後再栽下去，很快地，又活過來了。不過，陶姓少年家裡似乎很窮，馬子才每天跟他在一塊兒吃飯、喝酒；看他的家裡，卻好像從來沒有生火煮飯過。馬

子才的妻子呂氏，也很喜歡陶姓少年的姊姊，時常給他們送上一升半斗的米。陶姓少年的姊姊小名叫黃英，很會聊天，經常到呂氏那兒去，同她一起做活兒。

有一天，那陶姓少年對馬子才說：「你家向來不寬裕，我們卻天天白吃白喝的，連累了你這位好朋友，這樣下去怎麼可以呢？為眼前打算，賣菊花也可以餬口咧。」

馬子才一向廉介，聽了陶姓少年的話，便有點瞧不起他，說：「我本以為你是一個風流清高的人，能安於貧苦的生活。今天你說出這樣的話來，豈不是把種菊花的園子當做營利的場所了嗎？這對菊花是一種侮辱啊！」

陶姓少年笑著說：「靠自己的勞力吃飯，不算是貪財；把賣花當做職業，也不算是俗氣。人固然不可以不擇手段的求富，可是也不必一定去求貧啊！」

馬子才一言不發，陶姓少年見話不投機，便起身告辭。從此以後，凡是馬子才所丟棄的殘枝劣種，陶姓少年統統揀了回去。因為馬子才不同意他的計劃，他也就不到馬家去吃飯了，只有馬家來請他的時候，他才去。

不久，菊花開了，馬子才聽見陶家門前熱鬧得像市場一樣，覺得很奇怪，就走過去看個究竟。只見那些買花的人，有的用車子運，有的用肩膀扛，在路上連綿不斷。陶家的菊花，品種都很珍貴，全是他從來沒看過的。馬子才心裡很討厭他的貪婪，想要跟他斷絕關

係，可是又恨他私藏了好的品種。便來敲他的門，要找他理論。

陶姓少年從裡面出來，牽著他的手走進去，只見從前荒棄了的園子，現在已種滿了菊花，除了幾間小屋子以外，再也沒有別的空地了。鋤掉一株的地方，就折了別的菊枝插補進去，那花圃上的蓓蕾，沒有一朵不是好看的，可是再仔細一看，居然統統是他從前所丟棄的。

陶姓少年走到屋裡去，拿出吃的、喝的在花圃旁邊擺起酒席來。他說：「我太窮了，沒有法子保持清高的操守，這幾天我僥倖地賺了幾文，拿來喝喝酒是夠了。」過了一會兒，屋裡有人喊：「三郎」，陶姓少年答應一聲便進去了。接著，他端上了可口的菜餚，烹飪得非常精緻。於是馬子才便問道：「令姊怎麼還不嫁人呢？」

陶姓少年回答說：「還沒有到時候哩！」

馬子才又問：「要等到什麼時候呢？」

姓陶的說：「再過四十三個月。」

馬子才又問：「什麼原因呢？」姓陶的只是微笑不語。這次兩人喝得非常開心才散席。

第二天，馬子才到陶家去，看見他新插種的菊花已經有一尺高了，感到奇怪極了，就苦苦地要求陶姓少年把種法告訴他。

陶姓少年說：「這個道理並不是言語所能表達的，況且，你又不靠它謀生，知道了又有什麼用呢？」又過了幾天，門前漸漸沉寂了下來，陶姓少年便以蒲席包著剩餘的菊花，打成了好幾捆，放在車上載走了。

隔一年，春天已過去了一半，陶姓少年才從南方運著一些珍異的花回來。他在大街上開了一家花店，只有十天的時間，就把花賣完了，於是又回到家裡種菊花。

前一年跟陶姓少年買花的人，花謝了以後，都把根留下來，可是到了第二年，又統統變成了劣種，於是又來跟陶姓少年買花。陶姓少年因此一天天地富有起來。第一年，添蓋了一些房子，第二年便蓋起大廈了，事事都很稱心如意，再也不跟姓馬的這個主人打交道了。

漸漸地，從前的花圃，都被改建為房舍。他又買了一大塊田，在四周築起圍牆，統統種上菊花。到了這年秋天，便載著花到別處去。可是第二年春天過去了，他並沒有回來。

這時，馬子才的妻子病死了，他有意再娶黃英，便偷偷地叫人向她暗示。黃英只是微笑，那樣子好像是答應了，只是要等陶姓少年回來罷了。可是整整過了一年多，那陶姓少

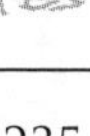

年仍然沒有回來。黃英便督導僕人種菊花，就跟她弟弟在家時一樣。賺到了錢，又去做其他的買賣，在村外買了二十幾畝肥田，房屋建築也更加壯麗了。

突然，有一位客人從廣東來，帶來了陶姓少年的一封信，拆開來一看，信裡面要姊姊嫁給姓馬的，一查寄信的日子，正是馬妻去世那一天。馬子才想起那次和陶姓少年在園子裡喝酒，到現在正好是四十三個月。他覺得奇怪極了，就把信拿給黃英看，問她聘禮要送到什麼地方？黃英婉謝了聘禮，可是因為老房子簡陋，要他到南面的屋子來住，好像是招贅的樣子；馬子才不肯同意，於是便選了個黃道吉日，把黃英娶了過去。

黃英嫁給馬子才以後，就在牆上開一個門，使它與南面的房屋相通，每天都回到自己的家裡去督導僕人工作。馬子才認為依靠妻子而富有，是件可恥的事，常常催促黃英立好南北兩屋的帳簿，分別記下收支的情形，免得兩家財物混淆不清。可是日常家用的東西，卻多半是從南屋取來的。不到半年的時間，馬家所看到的，統統是陶家的東西。

馬子才發現了就立刻叫人送回去，並且告訴他們，以後絕不可以再拿過來。可是不到十天，陶家的東西又混進來了。這樣，搬來搬去的，一共搞了好幾次，情形毫無改善，馬子才真是煩透了。

黃英笑著說：「我清廉的先生，你這樣子不是太勞碌了嗎？」馬子才覺得很慚愧，也

就不再去管它，一切都聽黃英去安排了。

於是黃英僱工人，買材料，大規模地蓋起房子來；馬子才也禁止不了她。過了幾個月，南、北的樓房便連在一起，兩家合成一家了。不過，黃英還是聽從了馬子才的話，關起門來不再賣菊花了，可是他們的享受，卻不比世家大族差。

馬子才很不安心，他說：「我三十年來的清高德行，由於受到妳的牽累，一下子敗壞得差不多了。現在我活在世間，只是依靠女人吃飯，連一點丈夫氣概都沒有了，人家都願意富，惟獨我願意窮！」

黃英說：「我並不是貪求無饜，但是如果不稍稍弄點錢，改善一下生活，那麼千年以後的人，都會說那清高的陶淵明㊟是天生的貧賤骨頭，就是一百世也不能發達，所以我只是想讓我家這位陶淵明不受人家的嘲笑罷了。不過，窮人想富是不容易的，富人想窮卻一點兒也不難。我儲積的那些錢，你只管拿去花，我絕不吝惜。」

馬子才說：「拿人家的錢去亂花，也是件可恥的事。」

黃英說：「你不願意富裕，我也不願意貧窮。這樣，只有一個辦法可以解決：我們分開來住。讓清高的人保持他的清高，汙濁的人自甘他的汙濁，這也沒有什麼不可以呀？」

於是便在園子裡蓋了一間茅草房，選了幾個漂亮的婢女，去侍候馬子才，馬子才覺得非常

適意。可是過了幾天，他好想念黃英，叫人去請她，她又不肯過來，不得已，只好自己跑去找她。每隔一夜，便去找她一次，很少例外。

黃英笑著說：「在東邊吃飯，又跑到西邊睡覺，清高的人應該不是這樣的！」馬子才聽了，也無話可答，只有苦笑的份兒，於是，兩人又住在一塊了。

不久，馬子才有事到金陵去，那時，正是菊花盛開的秋天。有一天早上，他經過一個花店，看到店裡陳列很多盆花，樣式和花朵都很美麗，他心頭一動，懷疑它們都是陶姓少年栽培的。過了一會兒，店主人出來了，馬子才一看，果然是他。兩人高興極了，互相傾訴別後的情況。於是，他就住在陶姓少年店裡了。

過了幾天，馬子才便邀陶姓少年一起回去，陶姓少年說：「金陵是我的故鄉，我將在這裡娶妻生子。我現在手頭還有點積蓄，麻煩你帶給姊姊，告訴她我在年尾會抽空去看她。」

馬子才不肯，越發地苦求他，並且說：「家裡僥倖地寬裕了，只須坐在那兒吃喝，也不用再做買賣了。」於是他就坐在店裡，叫僕人代做買賣，把價錢訂得低低的，只有幾天的工夫，就把花統統賣完了。於是便逼迫陶姓少年打好行李，跟他一起租船到北方去。

他們兩人回到家裡，黃英已經整理好房間，床榻被褥也安排得好好的，好像預知她弟弟要回來似的。陶姓少年一卸下行裝，就督導著僕人工作，把庭園大大地修整了一番。從此以後，便天天跟馬子才在一塊兒下棋、喝酒，也不再去結交新的朋友。馬子才要替他找一門親事，他總是堅持不要，他的姊姊便派了兩個婢女去照顧他的飲食起居。

陶姓少年的酒量一向很大，從來未見他醉過。馬子才有個姓曾的朋友，酒量也沒有敵手，他去拜訪馬子才，馬子才便叫他跟陶姓少年較量較量。

他們兩人放懷暢飲，大有相見恨晚之慨。他們從早上一直喝到深夜，每人大約喝了一百壺左右。姓曾的爛醉如泥，在座位上呼呼大睡起來。陶姓少年站起來要回去睡覺，走出門外，踏到了花圃，便倒了下去。他把衣服脫掉，放在一邊，自己就化成菊花了。那棵菊花約有一個人高，上面開了十幾朵花，都比拳頭還大。

馬子才嚇壞了，馬上去告訴黃英，黃英趕忙把它拔起來放在地上，並且說：「怎麼醉成這個樣子？」就拿衣服把它蓋起來，叫馬子才跟她一道離開，別去看它。

天亮以後，馬子才到那兒一看，赫然發現，那株菊花又變成了陶姓少年。他仍然在花圃旁躺著。這一下子他才恍然大悟，陶家姊弟原來是菊花精。（改寫自〈黃英〉）

【註釋】

㊟陶淵明：名潛，晉朝人，淡泊榮利，愛飲酒，也愛菊花，有自然詩人之稱。

【短評】

真正的清高，應該是順乎自然，通乎人情的；否則，便流於矯揉做作。這個故事裡的菊花，就是陶淵明的化身，他告訴我們清高和迂腐的分際，澄清了人們被扭曲的概念。

三二、清虛奇石

從前，北京有一個叫邢雲飛的人，他很喜歡石頭，每當見到奇形怪狀的石頭，便不惜用很高的價錢買下。

有一回在河邊捕魚，漁網似乎被某種東西鈎住了，他潛水下去，發現是一塊直徑約一尺的石頭，撈起來仔細看，這石頭顯得玲瓏剔透，上面突起的部分像重重疊疊秀麗的山峰。邢雲飛如獲至寶，心裡快活極了。

邢雲飛將石頭帶回家以後，特地雕刻了一座紫檀木的架子，把這塊石頭供在客廳的桌案上。奇怪得很，每當快要下雨的時候，這石頭上的許多小孔便會冒出一朵一朵的雲霧來。

一個有權有勢的土豪知道了這件事，就上門要看看這石頭，當他拿到手裡以後，立刻

交給了一個跟來的爪牙，居然奪門策馬而去。邢雲飛遇到這樣蠻不講理的人，對他們無可奈何，卻又悲憤得直跺腳。

那個土豪的爪牙拿著石頭到了河邊，在橋上休息的時候，忽然失手將它掉進河裡。土豪十分生氣，把這爪牙鞭打了一頓，又立刻花了很多錢雇人到河裡尋找，卻始終沒有找到。最後只好在橋上貼出懸賞的告示，說誰要是找到了送去，便重重地答謝他。

從此以後，貪求賞金的人都紛紛到河裡去尋找，幾乎每天都擠滿一河的人，可是竟沒有一個人找到。

過了一些時日，邢雲飛走到那條河邊，看到河水，想起被人搶走的石頭，不禁又悲傷起來。正在這時候，突然看見清澈的河底靜靜地躺著那塊被土豪搶走的奇石，他又驚又喜，立刻脫下衣服，跳進水中把它抱了起來，這才發現紫檀架子仍完好無缺地嵌在上面。

回家以後，他再也不敢放置在客廳，而是刻意地把內室整理一番，把它供奉在裡面，以免再發生上次那樣不幸的事情。

有一天，一個老人來敲門，要求見見這塊石頭，邢雲飛推說早已被搶走了。

老人笑著說：「您在客房裡放置的，不就是嗎？」

邢雲飛心裡想：「反正我是藏在內室的。」為了證實客房裡確實沒有，就引老人到客

房去看。進了客房，那塊石頭竟然陳列在小几上，這時邢雲飛驚愕得說不出話來。

老人輕輕地撫摸著石頭說：「這是我家的古董，丟失已經很久了，原來在您這兒，既然讓我找到了，就請您把它還給我吧！」

邢雲飛很著急，說這石頭明明是自己的。兩人相持不下，都爭說是石頭的主人。

老人笑著說：「您說是您的東西，那您的憑證是什麼？」邢雲飛無法回答。

老人接著說：「這東西原本是我的，我對它了解很清楚，它的四周一共有九十二個孔，大孔裡還刻了五個字：『清虛天石供』。」

邢雲飛仔細察看，大孔裡果然有小字，比米粒還要小，竭盡眼力，才勉強可以辨認，再數它的孔，也符合老人所說的數目。邢雲飛無話可說，卻又難以割捨，便堅持不肯給。

老人笑著說：「是誰家的東西？難道可以任憑您作主嗎？」然後便作揖行禮離去。

邢雲飛送到門外，再回到屋裡，卻見不到石頭，又趕緊去追那老人，原來那老人還沒走多遠，他狂奔過去牽著老人的衣袖哀求。

老人說：「奇怪了，直徑尺把大的石頭，難道可以握在手裡，藏在袖子裡嗎？」邢雲飛知道眼前這位老人是神仙，就苦苦地拉他回去，又跪在地上求他。

老人說：「這石頭到底是您家的呢？還是我家的呢？」

邢雲飛回答說：「這石頭誠然是您老人家所有，只是求您割愛，把它給了我吧！」

老人說：「既是這樣，石頭不是仍在老地方嗎？」邢雲飛進房裡一看，石頭已經回到原來放置的地方了。

老人說：「天下的寶物，應當歸於愛惜它的人。這塊石頭能自己選擇主人，我非常高興。但是它急著要表現自己，出現得太早，因此難逃劫難。我要將它帶走，實在是打算三年之後，再拿來贈送給您的。現在您既然要留它下來，那麼就必須減少您三年的壽數，才能和您終生相守，您願意嗎？」

邢雲飛聽到石頭可以歸自己所有，開心得猛點頭說：「願意！」

老人於是用兩個手指頭捏一個孔，奇怪的是這時孔軟得像泥土一樣，隨手就把孔封閉了。連續封閉了三個孔，然後說：「現在石頭上的孔數，就是您的壽數了。」隨即道別，邢雲飛一再挽留，都留不住，問老人的姓名，他也不肯吐露，終於離開了。

過了一年多，邢雲飛因為出去辦事，而留宿在外面，碰巧這一夜家裡遭小偷光顧，小偷什麼都沒有拿，獨獨把這塊石頭偷走了。

邢雲飛回來，傷痛得幾乎暈死過去。他不斷地到處察訪，卻全然得不到蹤跡，這樣尋找了幾年，一直沒有下落。

有一天，刑雲飛偶然地在報國寺前見到有個人在賣石頭，走近一看，所要賣的正是自己失竊的那塊石頭。他立刻向販賣的人認取，那販賣的人不服，於是兩人捧著石頭到衙門去評理。

衙門裡的官員問：「你們各有什麼憑據？」那販子只能說出石上的孔數。邢雲飛問其他的特徵，販子一概茫然不知。邢雲飛便說出大孔裡的五個字，以及被捏去的三孔上面的指痕。

衙門裡的官員仔細察驗，果然沒錯，就將石頭斷還給邢雲飛，並且要處罰那個販子，販子說是用二十兩銀子在街上買來的，這才被釋放。

邢雲飛再度尋回石頭，更加小心安置，他用錦緞包裹著，藏在櫃子裡，隔一段日子想拿出來看的時候，一定得先燒上一炷香。

有一個在朝廷做尚書的大官知道了這塊石頭，要用一百兩銀子購買去。邢雲飛說：「即使是給我一萬兩，我也捨不得賣呀！」

那個大官懷恨在心，私下便假借其他的名義來陷害他，把他押進監牢，逼得他的家人只好變賣田產去營救他。

尚書派人去告訴他的兒子，只要把石頭交出來，就什麼事都沒有了。

他的兒子把這話轉告他，他氣極敗壞地發誓道：「我就是寧可死去，也不能失去這塊石頭。」可是為了救他出來，他的妻子和兒子暗地裡商量的結果，還是把石頭獻給了那個大官。

邢雲飛出獄以後，知道了事情的真相，氣得半死。他痛罵妻子，又狠狠地毆打兒子，並連續自殺了好幾次，都幸好被家人發覺而救了過來。

某一個夜晚，他夢見一個男人來到自己面前，說：「我就是『石清虛』。請您不要難過，我只和您暫時分別一年多罷了。明年八月二十日，天快亮的時候，您到海岱門去，花兩貫錢就可以把我贖回來。」邢雲飛得了這個夢，高興極了，就把日期牢記在心。說到那塊石頭，自從到了尚書的家裡以後，再也不冒出雲霧了，久而久之，尚書也就不再重視它。

到了第二年，尚書因為犯了罪而被削去職務，不久就死了。邢雲飛如期到海岱門，果然有尚書家的僕人偷石頭出來賣，於是用兩貫錢買了回來。

邢雲飛一直活到八十九歲，他自己準備好了一切喪葬的用品，又囑兒子一定要用這塊石頭殉葬。他死了以後，他的兒子遵從父親的遺命，把石頭葬在墓中。

過了大約半年，有賊人盜墓，把石頭劫走了，邢雲飛的兒子知道了這件事，卻尋查不

到竊賊。

過了幾天，和僕人走在路上，忽然見到兩個人，跌跌撞撞、汗流滿面地朝空中作揖說：「邢先生，請不要再逼迫了，我們兩人拿著那塊石頭，只不過賣了四兩銀子罷了。」邢雲飛的兒子就把這兩人抓到衙門，一經詢問，兩人立即俯首認罪。問起石頭的下落，原來已經賣給了一個姓宮的人。

官吏把石頭取回來，在手中把玩，想占為己有，就命令屬下放進公庫。官吏舉起石頭，石頭忽然掉到地上，摔成幾十個碎片，在場的人都大驚失色。

邢雲飛的兒子將碎片拾起，仍然埋進了墓裡。（改寫自〈石清虛〉）

【短評】

邢雲飛和石清虛的遇合，給了我們兩方面的暗示：第一，在舊社會裡，沒有權勢的百姓想要擁有一樣寶物，一定會受到多方面的威脅和阻撓，這就是古人所說的「懷璧其罪」啊！第二，古語說：「士為知己者死。」石清虛寧可墮地自碎，也要和賞識它的主人共終始，誰能說頑石無情呢？

三三、醫生和老虎

雲南人殷元禮，精通針灸。有一天，為了躲避盜匪，逃到一個深山裡。眼看天色漸漸晚了，仍然找不到歇腳的地方，附近虎狼又多，心裡很是害怕。

正當他不知如何是好的時候，遠遠地望見前面路上有兩個人，於是他就加快腳步跟了上去。那兩個人回頭看看元禮，問他是從哪裡來的，準備到哪裡去？元禮一五一十地說了，並且報上了自己的姓名和籍貫。

那兩個人一聽，趕忙拱手行禮說：「原來是菩薩心腸的殷大夫！久仰！久仰！」那兩個人自稱姓班，一個叫班爪，一個叫班牙。

班氏兄弟向元禮說：「不瞞殷先生說，我們也在一間石室裡避難，那兒還勉強可以容

身，如果先生不嫌簡陋，不妨到那兒暫歇一宿，明兒再走也不遲。而且，我們兄弟還有事相求呢！」元禮非常高興，馬上就答應了。

不久，他們到了那間依山傍谷的小屋。班氏兄弟燃起柴火照明；在熊熊的火光下，元禮才看清楚他們的長相，那一副威猛的模樣，給人的感覺不太像是善類。可是到了這個節骨眼，元禮也沒有別的法子可想，一切只好任由老天去安排了。

這時，元禮隱隱約約地聽到榻上有人呻吟，走過去仔細一瞧，原來有個老太婆直挺挺地躺在那兒，好像非常痛苦。

元禮關切地問：「老太太，可是有哪裡不舒服嗎？」

班牙說：「我們正想請殷大夫替她老人家看看呢！」於是班牙點起火把放在榻旁，請元禮診察。只見那老太婆鼻子底下和嘴角地方有兩個像碗口一樣大的贅瘤。

班牙說：「這兩個東西碰一下都痛得要命，就連吃飯、喝水也很礙事。」

元禮大概地看了一下，便從藥箱子裡拿出一團艾草，為老太婆燒灸。大約灸了幾十遍，看看差不多了，就跟班氏兄弟說：「請你們放心吧！明天早上準會好的。」班氏兄弟聽了，高興得不得了，就燒了鹿肉來招待他。

班氏說：「我們原不曉得殷先生光臨，一時也沒法子預備其他的酒菜。怠慢的地方，

還請殷先生多多包涵。」

殷元禮吃飽了，就上榻睡覺，枕的是一塊冷冰冰的石頭。班氏兄弟看起來雖還誠懇樸實，可是卻粗暴得可怕。元禮翻來覆去，怎樣也不敢睡著。

天還未大亮，便叫醒老太婆，查問她患處的情況。老太婆睡眼惺忪地摸摸長瘤的地方，發現瘤已經沒有了，只留下了快要癒合的傷口。元禮催促著班氏兄弟起來，把火把移近一點，給老太婆上了藥，然後才拱手告別。班氏兄弟感激之餘，又送了他一條烤好的鹿腿。

三年後的某一天，殷元禮又因事入山，在一條狹窄的山徑上，被兩匹狼擋住，沒法子前進。

這時太陽已經西沉，後面又陸陸續續地來了一群狼，元禮前後受敵，進退兩難。狼群拚命地向他撲來，殷元禮寡不敵眾，終於倒了下去。於是那些狼爭先恐後地咬他，他的衣服都統統被咬碎了。

殷元禮心裡想：這下子是死定了。正待閉上眼睛，突然，聽到一陣咆哮，接著出現了兩隻老虎。狼群看見老虎來了，便四散逃逸。老虎暴怒，又大吼幾聲，那些狼的腿一軟，統統癱了下去。老虎一一把牠們弄死，然後便離開了。

殷元禮跌跌撞撞地向前走，很害怕找不到投宿的地方，正好遇到一個老太婆，老太婆看他那副狼狽的樣子，便說：「殷先生大概吃了苦頭吧？」殷元禮把他的遭遇說了一遍，並且請問老太婆，是在什麼地方認識他的。

老太婆說：「先生真是貴人多忘事，我就是那個在石室中被你治過瘤的病老太婆呀！」殷元禮這才恍然大悟，便請求借宿，老太婆就把他帶回去了。

他們進入一個院子，燈火已經亮起來了。老太婆說：「其實老身早就算到先生今天會到山中來，已經在這裡恭候多時了。」於是拿出了衣褲，叫元禮把那破衣服給換了。並且準備了好酒，殷勤地招待他。老太婆也用陶碗倒酒來喝，她的酒量很大，談吐也很豪放，一點都不像婦道人家。

喝了一會兒酒，殷元禮問道：「從前我曾見過這兒有兩位男士，是老太太的什麼人？今天怎麼沒有看到呢？」

老太婆說：「那是我的兩個兒子，我叫他們去迎接先生，還未回來，大概是迷路了。」殷元禮為她的情義所感動，放懷暢飲，竟不知不覺醉了，在座位上大睡起來。

一覺醒來，天邊已是一片魚肚白，殷元禮向四周看看，竟然見不到一棟房舍，只好孤單單地坐在巖石上。

這時他聽到巖石底下有像牛一樣大的喘息聲，走近一看，竟然是一隻睡得正甜的母老虎。她的嘴角有兩個瘢痕，都像拳頭一樣大。這下子他嚇壞了，惟恐被老虎發現，便躡手躡腳，偷偷地溜了。

殷元禮這才恍然大悟，從前所見到的班氏兄弟，原來是兩隻老虎。（改寫自〈二班〉）

【短評】

老虎是一種凶猛的動物，可是在這裡，作者卻把牠們寫得那樣的人性化。牠們講孝道，也講德義，經久而不忘別人的恩惠。如果我們說牠們是具有「虎」形的「人」，有何不可？相反地，有些人卻五倫不修，忘恩負義，我們說他們是具有「人」形的「虎」，也是理所當然的了。

附錄

原典精選

聊齋自誌

披蘿帶荔，三閭氏感而為騷；牛鬼蛇神，長爪郎吟而成癖。自鳴天籟，不擇好音，有由然矣。松落落秋螢之火，魑魅爭光；逐逐野馬之塵，罔兩見笑。才非干寶，雅愛搜神；情類黃州，喜人談鬼。聞則命筆，遂以成編。

久之，四方同人，又以郵筒相寄，因而物以好聚，所積益夥。甚者：人非化外，事或奇於斷髮之鄉；睫在眼前，怪有過於飛頭之國。遄飛逸興，狂固難辭；永託曠懷，癡且不諱。展如之人，得毋向我胡盧耶？然五父衢頭，或涉濫聽；而三生石上，頗悟前因。放縱之言，有未可概以人廢者。

松懸弧時，先大人夢一病瘠瞿曇，偏袒入室，藥膏如錢，圓黏乳際。寤而松生，果符

墨誌。且也：少羸多病，長命不猶。

門庭之淒寂，則冷淡如僧；筆墨之耕耘，則蕭條似鉢。每搔頭自念：勿亦面壁人果是吾前身耶？蓋有漏根因，未結人天之果；而隨風蕩墮，竟成藩溷之花。茫茫六道，何可謂無其理哉！

獨是子夜熒熒，燈昏欲蕊；蕭齋瑟瑟，案冷疑冰。集腋為裘，妄續《幽冥》之錄；浮白載筆，僅成〈孤憤〉之書：寄託如此，亦足悲矣！嗟乎！驚霜寒雀，抱樹無溫；弔月秋蟲，偎闌自熱。知我者，其在青林黑塞間乎！康熙己未春日。

畫壁

江西孟龍潭，朱孝廉客都中。偶涉一蘭若，殿宇禪舍，俱不甚弘敞，惟一老僧挂搭其中。見客入，肅衣出迓，導與隨喜。殿中塑誌公像。兩壁圖繪精妙，人物如生。東壁畫散花天女，內一垂髫者，拈花微笑，櫻唇欲動，眼波將流。朱注目久，不覺神搖意奪，恍然凝想。身忽飄飄，如駕雲霧，已到壁上。見殿閣重重，非復人世。

一老僧說法座上，偏袒，繞視者甚眾。朱亦雜立其中。少間，似有人暗牽其裾。回顧，則垂髫兒，囅（ㄔㄢˇ chǎn）然竟去。履即從之。過曲欄，入一小舍，朱次且不敢前。女回首，舉手中花，遙遙作招狀，乃趨之。

舍內寂無人；遽擁之，亦不甚拒，遂與狎好。既而閉戶去，囑勿咳，夜乃復至，如此

二日。女伴覺之，共搜得生，戲謂女曰：「腹內小郎已許大，尚髮蓬蓬學處子耶？」共捧簪珥，促令上鬟。女含羞不語。一女曰：「妹妹姊姊，吾等勿久住，恐人不歡。」群笑而去。

生視女，髻雲高簇，鬟鳳低垂，比垂髫時尤豔絕也。四顧無人，漸入猥褻，蘭麝熏心，樂方未艾。

忽聞吉莫靴鏗鏗甚厲，縲（ㄌㄟˊ léi）鎖鏘然。旋有紛囂騰辨之聲。女驚起，與生竊窺，則見一金甲使者，黑面如漆，綰（ㄨㄢˇ wǎn）鎖挈槌，眾女環繞之。使者曰：「全未？」答言：「已全。」使者曰：「如有藏匿下界人，即共出首，勿貽伊戚。」又同聲言：「無。」使者反身鶚顧，似將搜匿。女大懼，面如死灰。張皇謂朱曰：「可急匿榻下。」乃啟壁上小扉，猝遁去。

朱伏，不敢少息。俄聞靴聲至房內，復出。未幾，煩喧漸遠，心稍安；然戶外輒有往來語論者。朱跼蹐（ㄐㄩˊ ㄐㄧˊ jú jí）既久，覺耳際蟬鳴，目中火出，景狀殆不可忍，惟靜聽以待女歸，竟不復憶身之何自來也。

時孟龍潭在殿中，轉瞬不見朱，疑以問僧。僧笑曰：「往聽說法去矣。」問：「何處？」曰：「不遠。」少時，以指彈壁而呼曰：「朱檀越何久遊不歸？」旋見壁間畫有朱

像，傾耳佇立，若有聽察。僧又呼曰：「遊侶久待矣。」遂飄忽自壁而下，灰心木立，目瞪足耎（ㄖㄨㄢˇ ruǎn）。孟大駭，從容問之，蓋方伏榻下，聞叩聲如雷，故出房窺聽也。共視拈花人，螺髻翹然，不復垂髫矣。朱驚拜老僧，而問其故。僧笑曰：「幻由人生，貧道何能解？」朱氣結而不揚，孟心駭而無主。即起，歷階而出。

異史氏曰：「幻由人生，此言類有道者。人有淫心，是生褻境；人有褻心，是生怖境。菩薩點化愚蒙，千幻並作，皆人心所自動耳。老婆心切，惜不聞其言下大悟，披髮入山也。」

翩翩

羅子浮，邠人。父母俱早世。八、九歲，依叔大業。業為國子左廂，富有金繒而無子，愛子浮若己出。

十四歲，為匪人誘去作狹邪遊。會有金陵娼，僑寓郡中，生悅而惑之。娼返金陵，生竊從遁去。居娼家半年，床頭金盡，大為姊妹行齒冷。然猶未遽絕之。無何，廣創潰臭，沾染床席，逐而出。丐於市。市人見輒遙避。自恐死異域，乞食西行；日三、四十里，漸至邠界。又念敗絮膿穢，無顏入里門，尚趦趄（ㄗ ㄐㄩ zī jū）近邑間。

日既暮，欲趨山寺宿。遇一女子，容貌若仙。近問：「何適？」生以實告。女曰：「我出家人，居有山洞，可以下榻，頗不畏虎狼。」生喜，從去。入深山中，見一洞府。

入則門橫溪水，石梁駕之。又數武，有石室二，光明徹照，無須燈燭。命生解懸鶉，浴於溪流。曰：「濯之，創當愈。」又開幛拂褥促寢，曰：「請即眠，當為郎作袴。」乃取大葉類芭蕉，翦綴作衣。生臥視之。製無幾時，摺疊床頭，曰：「曉取著之。」乃與對榻寢。

生浴後，覺創瘍無苦。既醒，摸之，則痂厚結矣。詰旦，將興，心疑蕉葉不可著。取而審視，則綠錦滑絕。少間，具餐。女取山葉呼作餅，食之，果餅；又翦作雞、魚，烹之皆如真者。室隅一罌，貯佳醞，輒復取飲；少減，則以溪水灌益之。

數日，創痂盡脫，就女求宿。女曰：「輕薄兒！甫能安身，便生妄想。」生云：「聊以報德。」遂同臥處，大相歡愛。

一日，有少婦笑入，曰：「翩翩小鬼頭快活死！薛姑子好夢，幾時做得？」女迎笑曰：「花城娘子，貴趾久弗涉，今日西南風緊，吹送來也！小哥子抱得未？」曰：「又一小婢子。」女笑曰：「花娘子瓦窰哉！那弗將來？」曰：「方嗚之，睡卻矣。」於是坐以款飲。又顧生曰：「小郎君焚好香也。」

生視之，年廿有三四，綽有餘妍。心好之。剝果誤落案下，俯假拾果，陰捻翹鳳；花城他顧而笑，若不知者。生方怳然神奪，頓覺袍袴無溫；自顧所服，悉成秋葉。幾駭絕。

危坐移時，漸變如故。竊幸二女之弗見也。

少頃，酬酢間，又以指搔纖掌。城坦然笑謔，殊不覺知。突突怔忡間，衣已化葉，移時始復變。由是慚顏息慮，不敢妄想。

城笑曰：「而家小郎子，大不端好！若弗是醋葫蘆娘子，恐跳跡入雲霄去。」女亦哂曰：「薄倖兒，便直得寒凍殺！」相與鼓掌。

花城離席曰：「小婢醒，恐啼腸斷矣。」女亦起曰：「貪引他家男兒，不憶得小江城啼絕矣。」花城既去，懼貽誚責；女卒晤對如平時。

居無何，秋老風寒，霜零木脫，女乃收落葉，蓄旨御冬。顧生肅縮，乃持襆（ㄆㄨˊ pú）掇拾洞口白雲，為絮複衣；著之，溫煖如襦，且輕鬆常如新綿。逾年，生一子，極惠美。日在洞中弄兒為樂。然每念故里，乞與同歸。女曰：「妾不能從；不然，君自去。」因循二、三年，兒漸長，遂與花城訂為姻好。

生每以叔老為念。女曰：「阿叔臘故大高，幸復強健，無勞懸耿。待保兒婚後，去住由君。」女在洞中，輒取葉寫書教兒讀，兒過目即了。女曰：「此兒福相，放教入塵寰，無憂至臺閣。」

未幾，兒年十四。花城親詣送女。女華妝至，容光照人。夫妻大悅，舉家讌集。翩翩扣釵而歌曰：「我有佳兒，不羨貴官。我有佳婦，不羨綺紈。今夕聚首，皆當喜歡。為君行酒，勸君加餐。」既而花城去，與兒夫婦對室居。新婦孝，依依膝下，宛如所生。

生又言歸。女曰：「子有俗骨，終非仙品；兒亦富貴中人，可攜去，我不誤兒生平。」新婦思別其母，花城已至。兒女戀戀，涕各滿眶。兩母慰之曰：「暫去，可復來。」

翩翩乃翦葉為驢，令三人跨之以歸。大業已老歸林下，意姪已死，忽攜佳孫美婦歸，喜如獲寶。入門，各視所衣，悉蕉葉；破之，絮蒸蒸騰去。乃並易之。後生思翩翩，偕兒往探之，則黃葉滿徑，洞口雲迷，零涕而返。

異史氏曰：「翩翩、花城，殆仙者耶？餐葉衣雲，何其怪也！然幃幄誹謔，狎寢生雛，亦復何殊於人世？山中十五載，雖無『人民城郭』之異；而雲迷洞口，無跡可尋，睹其景況，真劉、阮返棹時矣。」

狐諧

萬福，字子祥，博興人也。幼業儒。家少有而運殊蹇，行年二十有奇，尚不能掇一芹。鄉中澆俗，多報富戶役，長厚者至碎破其家。萬適報充役，懼而逃，如濟南，稅居逆旅。夜有奔女，顏色頗麗。萬悅而私之。請其姓氏。女自言：「實狐，但不為君祟耳。」萬喜而不疑。女囑勿與客共，遂日至，與共臥處。凡日用所需，無不仰給於狐。

居無何，二、三相識，輒來造訪，恆信宿不去。萬厭之而不忍拒，不得已，以實告客。客願一睹仙容。萬白於狐。狐謂客曰：「見我何為哉？我亦猶人耳。」聞其聲，嚦嚦在目前，四顧，即又不見。客有孫得言者，善俳謔，固請見，且謂：「得聽嬌音，魂魄飛越；何吝容華，徒使人聞聲相思？」狐笑曰：「賢哉孫子！欲為高曾母作行樂圖耶？」諸

客俱笑。狐曰：「我為狐，請與客言狐典，頗願聞之否？」眾唯唯。

狐曰：「昔某村旅舍，故多狐，輒出祟行客。客知之，相戒不宿其舍，半年，門戶蕭索。主人大憂，其諱言狐。忽有一遠方客，自言異國人，望門休止。主人大悅。甫邀入門，即有途人陰告曰：『是家有狐。』客懼，白主人：欲他徙。主人力白其妄，客乃止。入室方臥，見群鼠出於床下。客大駭，驟奔，急呼：『有狐！』主人驚問。客怨曰：『狐巢於此，何誑我言無？』主人又問：『所見何狀？』客曰：『我今所見，細細幺麼，不是狐兒，必當是狐孫子！』」言罷，座客為之粲然。

孫曰：「既不賜見，我輩留宿，宜勿去，阻其陽臺。」狐笑曰：「寄宿無妨；倘小有迕犯，幸勿滯懷。」客恐其惡作劇，乃共散去。然數日必一來，索狐笑罵。狐諧甚，每一語，即顛倒賓客，滑稽者不能屈也。群戲呼為「狐娘子」。

一日，置酒高會，萬居主人位，孫與二客分左右座，上設一榻屈狐。狐辭不善酒。咸請坐談，許之。酒數行，眾擲骰為瓜蔓之令。客值瓜色，會當飲，戲以觥移上座曰：「狐娘子大清醒，暫借一觴。」狐笑曰：「我故不飲。願陳一典，以佐諸公飲。」孫掩耳不樂聞。客皆言曰：「罵人者當罰。」狐笑曰：「我罵狐何如？」眾曰：「可。」於是傾耳共聽。狐曰：「昔一大臣，出使紅毛國，著狐腋冠，見國王。王見而異之，問：『何皮毛，

溫厚乃爾？』大臣以狐對。王言：『此物生平未曾得聞。狐字字畫何等？』使臣書空而奏曰：『右邊是一大瓜，左邊是一小犬。』」主客又復鬨堂。

二客，陳氏兄弟，一名所見，一名所聞。見孫大窘，乃曰：「雄狐何在，而縱雌流毒若此？」狐曰：「適一典，談猶未終，遂為群吠所亂，請終之。國王見使臣乘一騾，甚異之。使臣告曰：『此馬之所生。』又大異之。使臣曰：『中國馬生騾，騾生駒駒。』王細問其狀。使臣曰：『馬生騾，是「臣所見」；騾生駒駒，乃「臣所聞」。』」舉座又大笑。

眾知不敵，乃相約：後有開謔端者，罰作東道主。頃之，酒酣，孫戲謂萬曰：「一聯請君屬之。」萬曰：「何如？」孫曰：「妓者出門訪情人，來時『萬福』，去時『萬福』。」合座屬思不能對。狐笑曰：「我有之矣。」眾共聽之。曰：「龍王下詔求直諫，鱉也『得言』，龜也『得言』。」四座無不絕倒。孫大恚曰：「適與爾盟，何復犯戒？」狐笑曰：「罪誠在我；但非此，不成確對耳。明旦設席，以贖吾過。」相笑而罷。狐之詼諧，不可殫述。

居數月，與萬偕歸。及博興界，告萬曰：「我此處有葭莩親，往來久梗，不可不一訊。日且暮，與君同寄宿，待旦而行可也。」萬詢其處，指言：「不遠。」萬疑前此故無村落，姑從之。二里許，果見一莊，生平所未歷。狐往叩關，一蒼頭出應門。入則重門疊閣，宛然世家。俄見主人，有翁與媼，揖萬而坐。列筵豐盛，待萬以姻婭，遂宿焉。狐早謂曰：「我遽偕君歸，恐駭聞聽。君宜先往，我將繼至。」萬從其言，先至，預白於家人。未幾，狐至。與萬言笑，人盡聞之，而不見其人。

適年，萬復事於濟，狐又與俱。忽有數人來，狐從與語，備極寒暄。乃語萬曰：「我本陝中人，與君有夙因，遂從爾許時。今我兄弟至矣。將從以歸，不能周事。」留之不可，竟去。

續黃粱

福建曾孝廉，高捷南宮時，與二、三新貴，遨遊郊郭。偶聞毘盧禪院，寓一星者，因並騎往詣問卜。入揖而坐。星者見其意氣，稍佞諛之。曾搖箑（ㄕㄚˋ shà）微笑，便問：「有蟒玉分否？」星者正容許二十年太平宰相。曾大悅，氣益高。

值小雨，乃與遊侶避雨僧舍。舍中一老僧，深目高鼻，坐蒲團上，偃蹇不為禮。眾一舉手登榻自語，群以宰相相賀。曾心氣殊高，指同遊曰：「某為宰相時，推張年丈作南撫，家中表為參、游，我家老蒼頭亦得小千把，於願足矣。」一坐大笑。

俄聞門外雨益傾注，曾倦伏榻間，忽見有二中使，齎天子手詔，召曾太師決國計。曾得意，疾趨入朝。天子前席，溫語良久。命三品以下，聽其黜陟；即賜蟒玉名馬。曾被服

稽拜以出。入家，則非舊所居第，繪棟雕榱（ㄘㄨㄟ cuī），窮極壯麗。自亦不解，何以遽至于此。然撚髯微呼，則應諾雷動。俄而公卿贈海物，傴僂足恭者，疊出其門。六卿來，倒屣而迎；侍郎輩，揖與語；下此者，頷之而已。晉撫餽女樂十人，皆是好女子。其尤者為嫋嫋、為仙仙，二人尤蒙寵顧。科頭休沐，日事聲歌。

一日，念微時嘗得邑紳王子良周濟我，今置身青雲，渠尚蹉跎仕路，何不一引手？早旦一疏，薦為諫議，即奉俞旨，立行擢用。又念郭太僕曾睚眦（ㄧㄞˊ ㄗˋ yái zì）我，即傳呂給諫及侍御陳昌等，授以意旨；越日，彈章交至，奉旨削職以去。恩怨了了，頗快心意。偶出郊衢，醉人適觸鹵簿，即遣人縛付京尹，立斃杖下。接第連阡者，皆畏勢獻沃產。自此富可埒國。

無何而嫋嫋、仙仙，以次殂謝，朝夕遐想。忽憶曩年見東家女絕美，每思購充媵御，輒以綿薄違宿願，今日幸可適志。乃使幹僕數輩，強納貲於其家。俄頃，籐輿舁（ㄩˊ yú）至，則較昔之望見時，尤豔絕也。

自顧生平，於願斯足。又逾年，朝士竊竊，似有腹非之者。然各為立仗馬；曾亦高情盛氣，不以置懷。

有龍圖學士包上疏，其略曰：

竊以曾某，原一飲賭無賴，市井小人。一言之合，榮膺聖眷，父紫兒朱，恩寵為極。不思捐軀摩頂，以報萬一；反恣胸臆，擅作威福。可死之罪，擢髮難數！朝廷名器，居為奇貨，量缺肥瘠，為價重輕。因而公卿將士，盡奔走於門下，估計夤緣，儼如負販，仰息望塵，不可算數。或有傑士賢臣，不可阿附，輕則置之閒散，重則褫以編氓。甚且一臂不袒，輒迕鹿馬之奸；片語方干，遠竄豺狼之地。朝士為之寒心，朝廷因而孤立。又且平民膏腴，任肆蠶食；良家女子，強委禽妝。沴氣冤氛，暗無天日！奴僕一到，則守、令承顏；書函一投，則司、院枉法。或有廝養之兒，瓜葛之親，出則乘傳，風行雷動。地方之供給稍遲，馬上之鞭撻立至。荼毒人民，奴隸官府，扈從所臨，野無青草。而某方炎炎赫赫，怙寵無悔。召對方承於闕下，萋非輒進於君前；委蛇才退於自公，聲歌已起於後苑。聲色狗馬，晝夜荒淫；國計民生，罔存念慮。世上寧有此宰相乎！內外駭訛，人情洶洶。若不急加斧鑕之誅，勢必釀成操、莽之禍。臣夙夜祇懼，不敢寧處，冒死列款，仰達宸聽。伏祈斷奸佞之頭，籍貪冒之產，上回天怒，下快輿情。如果臣言虛謬，刀鋸鼎鑊，即加臣身。

疏上，曾聞之，氣魄悚駭，如飲冰水。幸而皇上優容，留中不發。又繼而科、道、九卿，交章劾奏；即昔之拜門牆、稱假父者，亦反顏相向。奉旨籍家，充雲南軍。子任平陽太守，已差員前往提問。

曾方聞旨驚怛，旋有武士數十人，帶劍操戈，直抵內寢，褫其衣冠，與妻並繫。俄見數夫運貲於庭，金銀錢鈔以數百萬，珠翠瑙玉數百斛，幄幕簾榻之屬，又數千事，以至兒襁女舄（ㄒㄧˋ xì），遺墜庭階。曾一一視之，酸心刺目。

又俄而一人掠美妾出，披髮嬌啼，玉容無主。悲火燒心，含憤不敢言。俄樓閣倉庫，並已封誌。立叱曾出。監者牽羅曳而出。

夫妻吞聲就道，求一下駟劣車，少作代步，亦不得。十里外，妻足弱，欲傾跌，曾時以一手相攀引。又十餘里，已亦困憊。欻（ㄏㄨ hū）見高山，直插霄漢，自憂不能登越，時挽妻相對泣，而監者獰目來窺，不容稍停駐。又顧斜日已墜，無可投止，不得已，參差蹩躠（ㄅㄧㄝˊ ㄒㄧㄝˋ bié xiè）而行。比至山腰，妻力已盡，泣坐路隅。曾亦憩止，任監者叱罵。

忽聞百聲齊譟，有群盜各操利刃，跳梁而前。監者大駭，逸去。曾長跪，言：「孤身遠謫，橐中無長物。」哀求宥免。

群盜裂眥宣言：「我輩皆被害冤民，祇乞得佞賊頭，他無索取。」曾叱怒曰：「我雖待罪，乃朝廷命官，賊子何敢爾！」賊亦怒，以巨斧揮曾項。覺頭墮地作聲，魂方駭疑，即有二鬼來，反接其手，驅之行。行踰數刻，入一都會。頃之，睹宮殿；殿上一醜形王者，憑几決罪福。曾前，匐伏請命。王者閱卷，纔數行，即震怒曰：「此欺君悞國之罪，宜置油鼎！」萬鬼群和，聲如雷霆。即有巨鬼捽（ㄗㄨˊ zú）至墀下。見鼎高七尺已來，四圍熾炭，鼎足盡赤。曾觳觫（ㄏㄨˊ ㄙㄨˋ hú sù）哀啼，竄蹟無路。鬼以左手抓髮，右手握踝，抛置鼎中。覺塊然一身，隨油波而上下；皮肉焦灼，痛徹於心；沸油入口，煎烹肺腑。念欲速死，而萬計不能得死。

約食時，鬼方以巨叉取曾出，復伏堂下。王又檢冊籍，怒曰：「倚勢凌人，合受刀山獄！」鬼復捽去。見一山，不甚廣闊；而峻削壁立，利刃縱橫，亂如密筍。先有數人罥（ㄐㄩㄢˋ juàn）腸刺腹於其上，呼號之聲，慘絕心目。

鬼促曾上，曾大哭退縮。鬼以毒錐刺腦，曾負痛乞憐。鬼怒，捉曾起，望空力擲。覺身在雲霄之上，暈然一落，刃交於胸，痛苦不可言狀。又移時，身軀重贅，刀孔漸闊；忽

焉脫落，四支蠖屈。

鬼又逐以見王。王命會計生平賣爵鬻名，枉法霸產，所得金錢幾何。即有鬡鬚人持籌握算，曰：「三百二十一萬。」

王曰：「彼即積來，還令飲去！」少間，取金錢堆階上，如丘陵。漸入鐵釜，鎔以烈火。

鬼使數輩，更以杓灌其口，流頤則皮膚臭裂，入喉則臟腑騰沸。生時患此物之少，是時患此物之多也！半日方盡。

王者令押去甘州為女。行數步，見架上鐵梁，圍可數尺，綰一火輪，其大不知幾百由旬，燄生五采，光耿雲霄。鬼撻使登輪。方合眼躍登，則輪隨足轉，似覺傾墜，遍體生涼。開眸自顧，身已嬰兒，而又女也。視其父母，則懸鶉敗焉。土室之中，瓢杖猶存。心知為乞人子。

日隨乞兒托鉢，腹轆轆然常不得一飽。著敗衣，風常刺骨。十四歲，鬻與項秀才備媵妾，衣食粗足自給。而冢室悍甚，日以鞭箠從事，輒以赤鐵烙胸乳。幸而良人頗憐愛，稍自寬慰。

東鄰惡少年，忽踰垣來逼與私。乃自念前身惡孽，已被鬼責，今那得復爾。於是大聲

疾呼，良人與嫡婦盡起，惡少年始竄去。居無何，秀才宿諸其室，枕上喋喋，方自訴寃苦。忽震厲一聲，室門大闢，有兩賊持刀入，竟決秀才首，囊括衣物。團伏被底，不敢復作聲。既而賊去，仍喊奔嫡室。嫡大驚，相與泣驗。遂疑妾以奸夫殺良人，因以狀白刺史；刺史嚴鞫（ㄐㄩˊ jú），竟以酷刑定罪案，依律凌遲處死，縶赴刑所。胸中寃氣扼塞，距踊聲屈，覺九幽十八獄，無此黑黯也。

正悲號間，聞遊者呼曰：「兄夢魘耶？」豁然而寤，見老僧猶跏趺座上。同侶競相謂曰：「日暮腹枵，何久酣睡？」曾乃慘淡而起。僧微笑曰：「宰相之占驗否？」曾益驚異，拜而請教。僧曰：「修德行仁，火坑中有青蓮也。山僧何知焉。」曾勝氣而來，不覺喪氣而返。臺閣之想，由此淡焉。入山不知所終。

異史氏曰：「福善禍淫，天之常道。聞作宰相而忻然於中者，必非喜其鞠躬盡瘁可

知矣。是時方寸中，宮室妻妾，無所不有。然而夢固為妄，想亦非真。彼以虛作，神以幻報。黃粱將熟，此夢在所必有，當以附之邯鄲之後。」

寒月芙蕖（濟南道人）

濟南道人者，不知何許人，亦不詳其姓氏。冬夏惟著一單帢衣，繫黃縧，別無袴襦。每用半梳梳髮，即以齒啣髻際，如冠狀。日赤腳行市上；夜臥街頭，離身數尺外，冰雪盡鎔。

初來，輒對人作幻劇，市人爭貽之。有井曲無賴子，遺以酒，求傳其術，弗許。遇道人浴於河津，驟抱其衣以脅之。

道人揖曰：「請以賜還，當不吝術。」無賴者恐其紿，固不肯釋。

道人曰：「果不相授耶？」曰：「然。」

道人默不與語；俄見黃縧化為蛇，圍可數握，繞其身六七匝，怒目昂首，吐舌相向。

某大愕，長跪，色青氣促，惟言乞命。道人乃竟取絛。絛竟非蛇；另有一蛇，蜿蜒入城去。由是道人之名益著。

縉紳家聞其異，招與遊，從此往來鄉先生門。司、道俱耳其名，每宴集，輒以道人從。

一日，道人請於水面亭報諸憲之飲。至期，各於案頭得道人速客函，亦不知所由至。諸客赴宴所，道人傴僂出迎。既入，則空亭寂然，榻几未設，咸疑其妄。

道人顧官宰曰：「貧道無僮僕，煩借諸扈從，少代奔走。」官宰共諾之。

道人於壁上繪雙扉，以手撾之。內有應門者，振管而起。共趨覘（ㄓㄢ zhān）望，則見憧憧者往來於中；屏幔床几，亦復都有。即有人傳送門外。道人命吏胥輩接列亭中，且囑勿與內人交語。兩相受授，惟顧而笑。

頃刻，陳設滿亭，窮極奢麗。既而旨酒散馥，熱炙騰薰，皆自壁中傳遞而出。座客無不駭異。

亭故背湖水，每六月時，荷花數十頃，一望無際。宴時方凌冬，窗外茫茫，惟有煙綠。一官偶歎曰：「此日佳集，可惜無蓮花點綴！」眾俱唯唯。

少頃，一青衣吏奔白：「荷葉滿塘矣！」一座盡驚。

推窗眺矚，果見彌望青葱，間以菡萏（ㄏㄢˋ ㄉㄢˋ hàn dàn）。轉瞬間，萬枝千朵，一齊都開，朔風吹來，荷香沁腦。群以為異。遣吏人蕩舟采蓮。遙見吏人入花深處；少間返棹，白手來見。官詰之。吏曰：「小人乘舟去，見花在遠際；漸至北岸，又轉遙遙在南蕩中。」

道人笑曰：「此幻夢之空花耳。」無何，酒闌，荷亦凋謝；北風驟起，摧折荷蓋，無復存矣。濟南觀察公甚悅之，攜歸署，日與狎玩。

一日，公與客飲。公故有家傳良醞，每以一斗為率，不肯供浪飲。是日，客飲而甘之，固索傾釀。公堅以既盡為辭。道人笑謂客曰：「君必欲滿老饕，索之貧道而可。」客請之。道人以壺入袖中，少刻出，遍斟坐上，與公所藏更無殊別。盡懽始罷。公疑焉，入視酒瓻（ㄔ chī），則封固宛然，而空無物矣。心竊愧怒，執以為妖，笞之。杖纔加，公覺股暴痛；再加，臀肉欲裂。道人雖聲嘶階下，觀察已血殷坐上。乃止不笞，逐令去。

道人遂離濟，不知所往。後有人遇於金陵，衣裝如故。問之，笑不語。

賈奉雉

賈奉雉，平涼人。才名冠一時，而試輒不售。一日，途中遇一秀才，自言郎姓，風格灑然，談言微中。因邀俱歸，出課藝就正。郎讀罷，不甚稱許，曰：「足下文，小試取第一則有餘，闈場取榜尾則不足。」賈曰：「奈何？」郎曰：「天下事，仰而跂之則難，俯而就之甚易，此何須鄙人言哉！」遂指一二人、一二篇以為標準，大率賈所鄙棄而不屑道者。聞之，笑曰：「學者立言，貴乎不朽，即味列八珍，當使天下不以為泰耳。如此獵取功名，雖登臺閣，猶為賤也。」郎曰：「不然。文章雖美，賤則弗傳。君欲抱卷以終也則已；不然，簾內諸官，皆以

此等物事進身，恐不能因閱君文，另換一副眼睛肺腸也。」賈終嘿然。郎起而笑曰：「少年盛氣哉！」遂別而去。

是秋入闈復落，邑邑不得志，頗思郎言，遂取前所指示者強讀之。未至終篇，昏昏欲睡，心惶惑無以自主。

又三年，闈場將近，郎忽至，相見甚懽。因出所擬七題，使賈作之。越日，索文而閱，不以為可，又令復作；作已，又訾之。

賈戲於落卷中，集其葛冗泛濫，不可告人之句，連綴成文，俟其來而示之。郎喜曰：「得之矣！」因使熟記，堅囑勿忘。

賈笑曰：「實相告：此言不由中，轉瞬即去，便受夏楚，不能復憶之也。」郎坐案頭，強令自誦一過；因使袒背，以筆寫符而去，曰：「只此已足，可以束閣群書矣。」驗其符，濯之不下，深入肌理。

至場中，七題無一遺者。回思諸作，茫不記憶，惟戲綴之文，歷歷在心。然把筆終以為羞；欲少竄易，而顛倒苦思，竟不能復更一字。日已西墜，直錄而出。郎候之已久，問：「何暮也？」賈以實告，即求拭符；視之，已漫滅矣。再憶場中文，遂如隔世。大奇之。因問：「何不自謀？」笑曰：「某惟不作此等想，故能不讀此等文也。」遂約明日

過諸其寓，賈諾之。郎既去，賈取文稿自閱之，大非本懷，怏怏不自得，不復訪郎，嗒（ㄊㄚˋ tà）喪而歸。

未幾，榜發，竟中經魁。又閱舊稿，一讀一汗。讀竟，重衣盡溼。自言曰：「此文一出，何以見天下士矣！」方慚怍間，郎忽至曰：「求中既中矣，何其悶也？」曰：「僕適自念，以金盆玉椀貯狗矢，真無顏出見同人。行將遁跡山丘，與世長絕矣。」

郎曰：「此亦大高，但恐不能耳。果能之，僕引見一人，長生可得，並千載之名，亦不足戀，況儻來之富貴乎！」賈悅，留與共宿，曰：「容某思之。」天明，謂郎曰：「予志決矣！」不告妻子，飄然遂去。

漸入深山，至一洞府，其中別有天地。有叟坐堂上，郎使參之，呼以師。叟曰：「來何早也？」郎曰：「此人道念已堅，望加收齒。」叟曰：「汝既來，須將此身並置度外，始得。」賈唯唯聽命。

郎送至一院，安其寢處，又投以餌，始去。房亦精潔；但戶無扉，窗無櫺，內惟一几一榻。賈解屨登榻，月明穿射矣。覺微飢，取餌啖之，甘而易飽。竊意郎當復來，坐久寂然，杳無聲響。但覺清香滿室，臟腑空明，脈絡皆可指數。

忽聞有聲甚厲，似貓抓癢，自牖睨之，則虎蹲檐下。乍見，甚驚；因憶師言，即復收

神凝坐。虎似知其有人，尋入近榻，氣咻咻，遍嗅足股。少頃，聞庭中嗥動，如雞受縛，虎即趨出。

又坐少時，一美人入，蘭麝撲人，悄然登榻，附耳小言曰：「我來矣。」一言之間，口脂散馥。賈瞑然不少動。又低聲曰：「睡乎？」聲音頗類其妻，心微動。又念曰：「此皆師相試之幻術也。」瞑如故。美人笑曰：「鼠子動矣！」

初，夫妻與婢同室，狎褻惟恐婢聞，私約一謎曰：「鼠子動，則相歡好。」忽聞是語，不覺大動，開目凝視，真其妻也。問：「何能來？」答云：「郎生恐君岑寂思歸，遣一嫗導我來。」言次，因賈出門不相告語，偎傍之際，頗有怨懟。

賈慰藉良久，始得嬉笑為歡。既畢，夜已向晨，聞叟譙訶聲，漸近庭院。妻急起，無地自匿，遂越短牆而去。

俄頃，郎從叟入。叟對賈杖郎，便令逐客。郎亦引賈自短牆出，曰：「僕望君奢，不免躁進；不圖情緣未斷，累受扑責。從此暫去，相見行有日也。」指示歸途，拱手遂別。

賈俯視故村，故在目中。意妻弱步，必滯途間。疾趨里餘，已至家門，但見房垣零落，舊景全非，村中老幼，竟無一相識者，心始駭異。忽念劉、阮返自天台，情景真似。不敢入門，於對戶憩坐。

良久，有老翁曳杖出。賈揖之，問：「賈某家何所？」翁指其第曰：「此即是也。得無欲問奇事耶？僕悉知之。相傳此公聞捷即遁；遁時，其子纔七、八歲。後至十四、五歲，母忽大睡不醒。

子在時，寒暑為之易衣；迨歿，兩孫窮蹙，房舍拆毀，惟以木架苫（ㄕㄢ shān）覆蔽之。月前，夫人忽醒，屈指百餘年矣。遠近聞其異，皆來訪視，近日稍稀矣。」賈豁然頓悟，曰：「翁不知賈奉雉即某是也。」翁大駭，走報其家。

時長孫已死；次孫祥，至五十餘矣。以賈年少，疑有詐偽。少間，夫人出，始識之。雙涕霪霪，呼與俱去。苦無屋宇，暫入孫舍。大小男婦，奔入盈側，皆其曾、玄，率陋劣少文。

長孫婦吳氏，沽酒具藜藿；又使少子杲及婦，與己共室，除舍舍祖翁姑。賈入舍，煙埃兒溺，雜氣熏人。居數日，懊惋殊不可耐。兩孫家分供餐飲，調飪尤乖。

里中以賈新歸，日日招飲；而夫人恆不得一飽。吳氏故士人女，頗嫻閨訓，承順不衰。祥家給奉漸疏，或嘑爾與之。賈怒，攜夫人去，設帳東里。每謂夫人曰：「吾甚悔此一返，而已無及矣。不得已，復理舊業，若心無愧恥，富貴不難致也。」

居年餘，吳氏猶時餽餉，而祥父子絕跡矣。是歲，試入邑庠。邑令重其文，厚贈之，

由此家稍裕。祥稍稍來近就之。賈喚入，計囊所耗費，出金償之，斥絕令去。

遂買新第，移吳氏共居之。吳二子，長者留守舊業；次杲頗慧，使與門人輩共筆硯。

賈自山中歸，心思益明澈。無何，連捷登進士第。又數年，以侍御出巡兩浙，聲名赫奕，歌舞樓臺，一時稱盛。賈為人骾峭，不避權貴，朝中大僚，思中傷之。賈屢疏恬退，未蒙俞旨，未幾而禍作矣。

先是，祥六子皆無賴，賈雖擯斥不齒，然皆竊餘勢以作威福，橫占田宅，鄉人共患之。有某乙娶新婦，祥次子篡取為妾。乙故狙詐，鄉人斂金助訟，以此聞於都。於是當道者交章攻賈。賈殊無以自剖，被收經年。祥及次子皆瘐（ㄩˊ yú）死。賈奉旨充遼陽軍。

時杲入泮已久，為人頗仁厚，有賢聲。夫人生一子，年十六，遂以囑杲，夫妻攜一僕一媼而去。賈曰：「十餘年富貴，曾不如一夢之久。今始知榮華之場，皆地獄境界，悔比劉晨、阮肇，多造一重孽案耳。」

數日，抵海岸，遙見巨舟來，鼓樂殷作，虞候皆如天神。既近，舟中一人出，笑請侍御過舟少憩。賈見驚喜，踴身而過，押隸不敢禁。夫人急欲相從，而相去已遠，遂憤投海中。漂泊數步，見一人垂練於水，引救而去。隸命篙師盪舟，且追且號，但聞鼓聲如雷，與轟濤相間，瞬間遂杳。僕識其人，蓋郎生也。

異史氏曰：「世傳陳大士在闈中，書藝既成，吟誦數四，歎曰：『亦誰人識得！』遂棄去更作，以故闈墨不及諸稿。賈生羞而遁去，此處有仙骨焉。乃再返人世，遂以口腹自貶，貧賤之中人甚矣哉！」

中國歷代經典寶庫⑧
聊齋誌異——瓜棚下的怪譚

編撰者—周學武
編輯—康逸藍
執行企劃—洪小偉、張燕宜
校對—吳美滿

總編輯—余宜芳
董事長—趙政岷
出版者—時報文化出版企業股份有限公司
108019台北市和平西路三段二四〇號三樓
發行專線—（〇二）二三〇六—六八四二
讀者服務專線—〇八〇〇—二三一—七〇五
（〇二）二三〇四—七一〇三
讀者服務傳真—（〇二）二三〇四—六八五八
郵撥—一九三四四七二四時報文化出版公司
信箱—一〇八九九臺北華江橋郵局第九九信箱
時報悅讀網—http://www.readingtimes.com.tw
法律顧問—理律法律事務所 陳長文律師、李念祖律師
印刷—紘億印刷有限公司
五版一刷—二〇一二年三月九日
五版六刷—二〇二一年九月三日
定價—新台幣二百五十元

時報文化出版公司成立於一九七五年，
並於一九九九年股票上櫃公開發行，於二〇〇八年脫離中時集團非屬旺中，
以「尊重智慧與創意的文化事業」為信念。

聊齋誌異：瓜棚下的怪譚 / 周學武編撰. -- 五版. -- 臺北市：時報文化, 2012.03
面； 公分. --（中國歷代經典寶庫；8）

ISBN 978-957-13-5517-7（平裝）

857.27 101001698

ISBN 978-957-13-5517-7
Printed in Taiwan